怒海救援

【美】迈克尔·J.图加斯 【美】凯西·谢尔曼 著
姜忠伟 张丽颖 译

The FINEST HOURS

THE TRUE STORY OF THE U.S. COAST GUARD'S MOST DARING SEA RESCUE

北京联合出版公司
Beijing United Publishing Co.,Ltd.

图书在版编目（CIP）数据

怒海救援 / （美）迈克尔·J.图加斯，（美）凯西·谢尔曼著 ；姜忠伟，张丽颖译. -- 北京 ：北京联合出版公司，2017.5
ISBN 978-7-5502-9609-1

Ⅰ. ①怒… Ⅱ. ①迈… ②凯… ③姜… ④张… Ⅲ. ①长篇小说—美国—现代 Ⅳ. ①I712.45

中国版本图书馆CIP数据核字(2017)第009882号
北京市版权局著作版权合同登记号：图字01-2016-8617

怒海救援

作　　者：[美]迈克尔·J.图加斯
　　　　　[美]凯西·谢尔曼
出版统筹：新华先锋
责任编辑：夏应鹏
特约监制：林　丽
策划编辑：刘思懿　王亚松
封面设计：王　鑫
版式设计：徐　倩

北京联合出版公司出版
（北京市西城区德外大街83号楼9层 100088）
北京中创彩色印刷有限公司　新华书店经销
字数134千字　787毫米×1092毫米　1/16　15印张
2017年5月第1版　2017年5月第1次印刷
ISBN 978-7-5502-9609-1
定价：39.50元

谨以此书献给

救援人员、幸存者

以及未能上岸的遇难者

我从未忘记过它，在我的记忆里，一切仿佛就发生在昨天。

——安德鲁·菲茨杰拉德

《怒海救援》精彩书评

“船员弃船，将命运交给救援人员的技术与勇敢，在这个孤注一掷的时刻，图加斯和谢尔曼将故事推向了高潮……精彩。”

——《图书榜单》

“《怒海救援》不仅是一本令人爱不释手的小说，也是一段引人入胜的历史，一首激动人心的赞歌。它歌颂了救援人员的勇敢和专业，他们不畏寒风黑夜，不惧滔天巨浪……也赞美了这个危险的职业。把这本书紧挨着《完美风暴》放在书架上，那是最合适的位置！”

——《纽约时报》畅销书作者威廉·马丁

“图加斯和谢尔曼生动讲述了海岸警卫队员令人着迷的故事。这些队员在极端条件下实施救援，承受了巨大的心理压力。

这些故事发生在 1952 年。那天晚上，救生人员、接应船船员和直升机机务人员团结协作，表现出色，但真正的奇迹是他们的表现是永恒的。”

——美国海岸警卫队前指挥官詹姆士 · 洛伊

“一本真正的好书总能让你为它着迷，即使你知道结果如何……图加斯和坎贝尔是叙事大师……精彩。”

——《明星纪事报》

“一个可怕的真实灾难故事……作者对船员的采访细致入微，完美还原了当时的场景，所以当桑迪飓风袭击我们时，我们感受到的伤痛与作者笔下描述的一致。”

——《费城调查报》

“引人入胜……扣人心弦……图加斯和坎贝尔一点点将故事推向高潮……惊心动魄的悲剧冒险。”

——《里士满时讯报》

序 言

奥尔良，马萨诸塞州

她就这样静静地矗立在岩石港码头上，任凭风吹雨打而静默无言。周末人们驾驶着豪华游艇出海观光时会途经此地，但从来都只是匆匆一瞥后就朝着科德角海滩的方向疾驰而去。如果从停车场往这儿走的话，你会看见码头上竖立着一块国家历史遗迹名录的指示牌，简要概述了这艘船的光辉历史。旁边还有一个捐款箱，走到这里的人们大多会向捐款箱里塞一两美元。然后顺着栈道一直向前走，在栈道尽头有一个通往下方的金属楼梯。当你爬下去的时候心里恐怕会冒出这样的疑问：我来这儿干吗呢？你之所以来到这里，是被一个传奇故事吸引来的。当你小心翼翼地顺着陡坡向下到浮台时，心中一定会浮想联翩，幻想这艘船的宏伟壮观。突然这艘船出现在你的眼前，但却其貌不扬，与其所拥有的传奇声望截然相反。她只有 36 英尺（1 英尺合 0.3048 米）长，与港口里停泊的其他大船比起来简直就像一个玩具。

在志愿者的精心维护下，这艘船在太阳下散发着耀眼白光。船首处用大大的黑色镂空字体刻着她的名字。这艘船没有取诸如安德里亚·盖尔之类的名字以资纪念，其实这艘船根本就没有名字，只有编号：CG36500。CG 表示这艘船隶属缉私船，36 表示长度，500 是专属于这艘摩托救生艇的设备编号，这个编号相当于身份证号。

踏上甲板后这艘船给人的感觉是变得更加小了。在船的左舷，狭窄的通道只能容单脚通过，还要用手紧抓着栏杆保持平衡。一路穿行到舵手的船舱，手上摸着船舵，放眼大海，你开始幻想自己置身在那风雪交加的夜晚，与天争命。尽管壮怀激烈、浮想联翩，但让这艘船一举成名的那场灾难无法复制。清风拂面，浑不似那夜狂风怒吼，风利如刃；大海也恬静安谧，不像多年前的那一夜掀起了滔天海浪。

突然一个严厉的声音响起，打断了你的白日梦。这是船长彼得·肯尼迪在招呼你到前边幸存者待的船舱去，那里正好靠近船首。船长打开一个小舱口，示意你进去。顺着一个小舷梯爬进狭窄昏暗的船舱里，感觉就像进了监狱一样难以适应。而身高6尺4英寸（1英寸合2.54厘米）、虎背熊腰的肯尼迪也尾随着你进入了船舱。船舱设计容量是装载12个人，但我感觉即使只有两个人都拥挤得不行，简直会让人患上幽闭恐惧症。坐在里面抬头打量墙上挂着的各种救生设备，心里不禁会冒出这样的疑问：这样一艘小船怎么可能救出那么多人？但是答案并不在于船舱的设计，而是在于驾驶这艘船的四位年轻勇士，是他们坚强的意志征服了狂暴的自然。

梅塞号和彭德尔顿号船舶分裂，得到救援的路线

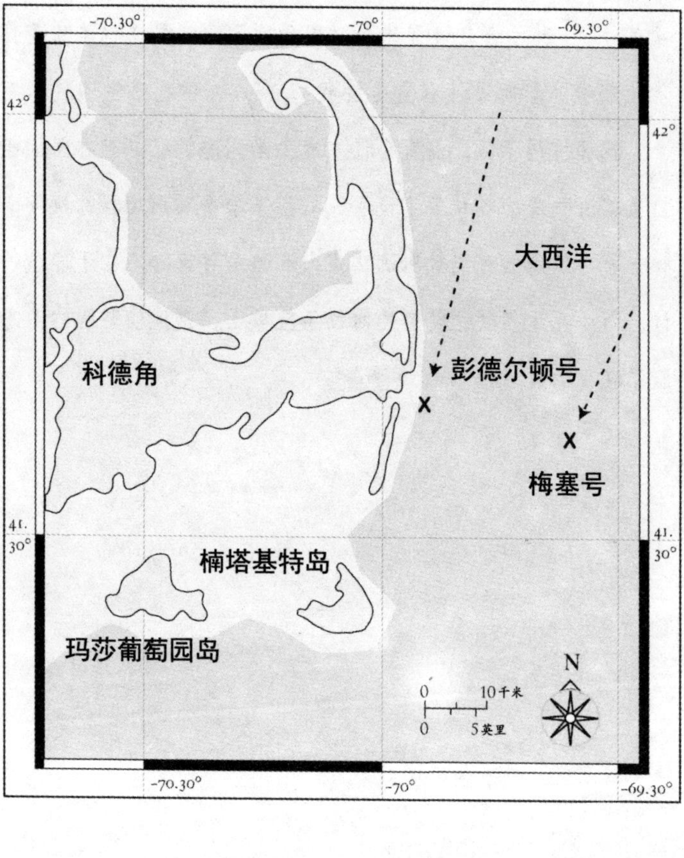

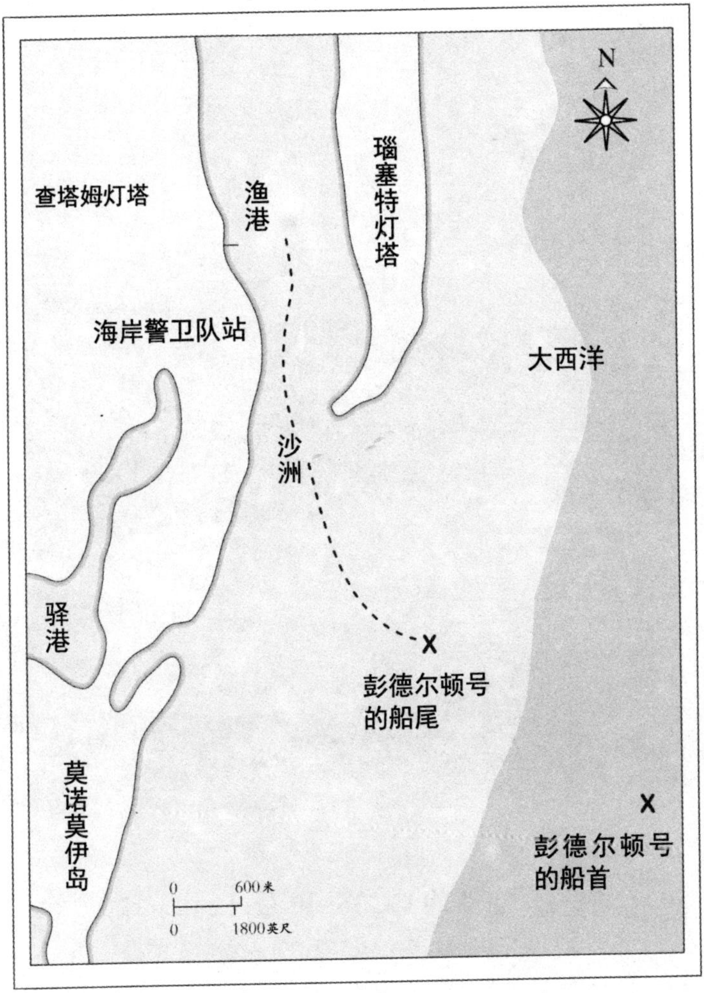

CG36500 号 救援路线

全新的 CG36500 号

怒海救援

Contents

目录

第一章　查塔姆救生艇站

海洋既是威严的主宰，也是残酷的暴君，只有懂得倾听的人才知道如何应付它。再也没有人比我们更懂得倾听来自大海的低声喃语了，世世代代的海上生活告诉我们这一秘密：顺时而动。

——佩里，1898

查塔姆，马萨诸塞州

1952 年 2 月 18 日

一级副水手长伯尼·韦伯（伯纳德·C. 韦伯）站在大厅雾蒙蒙的窗前，手里捧着一杯咖啡，出神地望着窗外。咖啡味道不错，煮咖啡时在壶里放了一些蛋壳，所以咖啡渣都沉淀在壶底。韦伯来自马萨诸塞州的弥尔顿市，父亲是一名牧师。窗外的风雪越来越大，他心里的担忧与疑虑也越来越沉重，寒冬的这场暴风雪已经在新英格兰肆虐两天了，但却丝毫没有减弱的迹象，韦伯担心暴风雪会越发猛烈。韦伯目不转睛地凝视着漫天风雪，它们在沙滩上飞扬肆虐，最后在查塔姆救生艇站前院的灯塔处积聚成堆。那里一度双塔耸立，被称为查塔姆双子灯塔。而今，第二座灯塔只剩塔基裸露于此，早晨的大雪直接将其掩埋。

抿了一口咖啡，韦伯的思绪回到他妻子身上，米里亚姆现在正躺在海景街的家里，身患重感冒的她如果突发急症怎么办？她会不会需要帮助呢？天气这么糟糕，医生能及时出诊吗？这些问题让他心烦意乱，他努力控制自己不去想这些事，思绪渐渐转到渔港那些挤在一起的渔船上。当风浪加急，渔船受风浪影响而脱离控制时，渔民们就会打电话求助。风暴现在就已经这么严重了，那么数小时后，它真正开始发威时，情形又会糟糕成什么样呢？韦伯不敢继续往下想。

然而韦伯不会抱怨这种糟糕的天气。年轻的一级副水手长虽然只有 24 岁，但却已经在海上干了近十年，前几年他一直在美军“二战”海上服务船队工作。韦伯有三个哥哥，都参加了“二战”。大哥保罗是陆军 26 师的一员，在德国与纳粹作战，参与过阿登战役，也曾在乔治·巴顿将军第三军的指挥下攻克军事重镇梅斯；二哥鲍勃参加美国海岸警卫队保卫家乡；三哥比尔作为陆军运输部队参与过阿拉斯加公路的修建。

韦伯曾跟着二哥鲍勃一起参加海岸警卫队，但父母却给他规划了另一份前程。从小时候起，作为波士顿特里蒙特圣殿教堂副牧师的父亲就想让韦伯成为一名牧师，他甚至将韦伯送到离家105英里（1英里约1.6093千米）外，紧靠康涅狄格河，位于马萨诸塞州吉尔小镇的北野山中学。北野山中学始建于1879年，因为有《读者文摘》的创始人德威特·华莱士和汉堡王的创始人詹姆士·麦克拉摩等知名毕业生而闻名。韦伯就这样穿着哥哥的旧衣服，带着满腹怀疑走进了北野山中学，显而易见这个穷牧师的儿子与来自上流社会的同学格格不入。他算不上一个品学兼优的好学生，而且发自内心不想在这儿上学。韦伯不想追随父亲的人生脚步成为一名牧师，在朋友准备投奔他之前，他正在计划从学校里逃走。也许是命中注定，他的一个童年好友，因为出车祸把自己父亲的车弄报废了而吓得离家出走，投奔了韦伯。韦伯将他安顿在一间空宿舍里，从食堂自助餐厅偷拿食物给他吃。数天后两人被校方发现，还没等校方对他们做出处理，他们两个就逃走了，逃进学校周围的山林和玉米地里，最后回到弥尔顿。

伯纳德·韦伯牧师实在搞不懂儿子的恣意妄为，不理解他为什么要休学到处漂泊。一年之后韦伯16岁，就在这一年他做出一个将改变他一生的决定，这个决定将成为他以后生活中的一盏指路明灯。他听说美国海事服务部门正在纽约招收年轻人进行培训，如果他在集训营里表现优异的话，就可以成为海军商船的一员，为战争贡献一份自己的力量。他的父亲不情不愿地给他签署了应征入伍的文件，然后韦伯就迫不及待地成为一名海员培训生，他在纽约羊头湾海员培训中心接受了基本的航海知识教育，前世界重量级拳击冠军杰克·登普西时任海岸警卫队指挥官，身兼培训中心的健身教练一职参与了培训。培训结束后，韦伯成为一艘海上油轮的船员，这艘油轮主要是将阿鲁巴和库拉索港口的汽油运送给身处南太平洋的美国海军第三舰队。就是这段时间让韦伯认清了自己人生未来的方向，他既不会当什么牧师，也不会干其他任何在陆地上的工作，他要生活在大海上。伯尼·韦伯是为海洋而生的。1946 年 2 月 26 日他正式加入海岸警卫队，并被送到马里兰的柯蒂斯湾接受培训。在给新兵的一封信里，海岸警卫队训练中心的指挥官在总结海岸警卫队队员的生活与职责时，写道：

这份工作平日里也很辛苦。甚至可以说海岸警卫队一直处于战备状态：战时对抗合众国的一切敌人；平时对抗人类的一切海上敌人，包括火灾、撞船、违法乱纪、暴风、冰山等突发事件。因此海岸警卫队职责重大，不是懒汉、废物、骗子或任何关键时刻掉链子的人待的地方。你们的新兵入伍培训就是一次检验，让时间来证明你到底是不是当海岸警卫队员的好料子，由你自己决定你个人生命的价值。

韦伯现在在查塔姆上班，这是科德角上的一个小前哨站。他的价值和勇气早已在海岬外危机四伏的水域得到充分证明。对于海上讨生活的人来说这是世界上最繁忙和最危险的水域之一。美国海岸和大地测量中心的主任在1869年评价这一地区时说：“世界上可能再也没有一个地方像这里一样，一个小小的海浪往往预示着滔天巨浪正由深海涌来。”海员把这一地区叫作“大西洋墓地”，这名字恰如其分。超过三千艘沉船的遗骸散落在从查塔姆到普罗温斯顿的海床上。第一艘已知的沉船是雀鹰号，1626年12月17日在奥尔良附近水域搁浅。这艘船本是开往弗吉尼亚的，船员与船上的殖民者成功逃到岸上，船最后被修复。但还没等到再次扬帆启航，一场海上暴风雨就将雀鹰号彻底摧毁。这段故事记载在普利茅斯殖民地长官威廉·布拉德福德的日记里。两百年后，自然侵蚀已经将残骸变成一个沿着奥尔良海岸线陈列的泥坝。著名的皇家海军萨默塞特号也折戟于这片不详的水域，萨默塞特号因朗费罗的诗歌“午夜策马飞奔的保罗·里维尔”而知名。1779年11月3日萨默塞特号因为一场暴风而在特鲁罗市外的浅滩上失事。21名英国军人和海员在逃向岸时因救生艇翻船而溺死。船长乔治·乌里代表船上480名船员向特鲁罗行政委员以赛亚·阿特金斯投降。幸存者成为战俘并被解送波士顿，沿途由镇上的民兵押送。正如《科德角：那儿的人和历史》一书的作者亨利·吉特里奇在书中所言：将科德角所有的沉船首尾相连，可以在从查塔姆到普罗温斯顿的路上连成一堵墙。

1949 年的一天晚上，伯尼·韦伯遭遇职业生涯第一次重大挑战，他收到一艘船只的求救信号。格立夫斯级驱逐舰利弗莫尔号在莫诺莫伊岛外的比尔斯浅滩搁浅，曾经伴随利弗莫尔号的好运至此终结。美国参加“二战”前几个月，这艘战舰曾成功护卫美国总统出访英国，成功避开德国 U 型潜艇狼群战术的攻击。1942 年 11 月 9 日，利弗莫尔号参与了盟军北非战役，为盟军提供反潜、防空及火力支援。利弗莫尔号身经百战但却几乎没有受到什么打击，船员都认为这份眷顾来自船的名字利弗莫尔，这是美国海军第一艘以随军牧师名字命名的战舰，这名牧师的全名是塞缪尔·利弗莫尔。

时任一级副水手长的里奥·格雷西驾驶着 38 英尺长的巡逻艇，载着韦伯和另一名船员，穿过查塔姆港口前的暗礁，奔向利弗莫尔号搁浅水域。利弗莫尔号在浅滩高处搁浅并有侧翻的危险，整个后半夜韦伯都待在利弗莫尔号上直到救援拖船赶到。第二天海岸警卫队员在历经无数次失败之后才成功将战船从搁浅水域解救出来。当利弗莫尔号的船员向韦伯和他的队友发出震天的呼喊表示感谢时，韦伯开心地笑了。此前受困的船员们对他的招待别开生面，他们塞给他苹果、橘子，甚至还有一副 8 盎司（1 盎司约 28.3495 克）重的镣铐，这是一种善意的调侃，因为他们觉得救援耗费的时间实在太长。海军与海岸警卫队经常会有这种无伤大雅的竞争，所以这次被救的水兵有些尴尬，他们被自己平常看不大起的海岸警卫队救了。

诚然，海岸警卫队的工作经常是吃力不讨好的，但韦伯却对它情有独钟。此时此刻，黎明破晓之时，窗外狂风怒吼、大雪纷飞，他出神地看着这场景，思忖今天又会有什么突发状况。

第二章　彭德尔顿号

每当雨雪交加时，北大西洋就会变得异常狂躁，海上的所有东西都会被掀翻、撕碎。它会掀起滔天巨浪，发出无休止的咆哮，那种使人既激情澎湃又心生恐惧的水浪摩擦声混合着狂风的呼啸，使人永生无法忘怀。

——亨利 · 贝斯顿

约翰 · J. 菲茨杰拉德是SS彭德尔顿号的新船长，但对变幻莫测的新英格兰水域的水文状况和地貌地形却了如指掌。菲茨杰拉德瘦长脸，来自马萨诸塞州的罗斯林德市，一个多月前才刚接手这艘503英尺长、10448吨重的油轮巨无霸，但他对这片水域了如指掌，也深知北大西洋海上航行的险恶。菲茨杰拉德出生在纽约布鲁克林区，他的父亲是加拿大新斯科舍省的一名船长。菲茨杰拉德曾与他父亲一起在商业船队里工作，也曾作为一名油轮船长服务“二战”。战后，他们父子俩都在位于纽约的国家散运公司工作。

彭德尔顿号于 1952 年 2 月 12 日从路易斯安那的巴吞鲁日启航驶往波士顿，当时船上载有从得克萨斯州运来的 122 000 桶煤油和家用燃油，九个油舱都已被注满。跟其他油轮一样，彭德尔顿的船员也来自三教九流，好的时候称兄道弟，但转首就可能变成路人。这里也是典型的大熔炉，不论民族、信仰、肤色都已被熔铸在一起。一些人空闲时间打扑克玩儿增进友谊，还有一些人不太喜欢融入这个大染缸就会选择加班，希望下船时能尽量多挣点儿钱。

对菲茨杰拉德和他的船员来说这趟旅程从一开始就不平静。彭德尔顿号在北卡罗来纳州的哈特拉斯角外撞上特大暴风雨，坏天气如影随形地跟随着他们，就像是黑暗的预兆一样。在启航五天后，船员们要面对他们最大的挑战：暴风雪丝毫没有减弱的迹象。波士顿地区的积雪已达 9 英寸厚，500 人的除雪大军用了 200 辆卡车和 35 辆除雪机清理城区还有笔架山的狭窄道路上的积雪。南岸也受到暴风雪的影响，巨大的海浪将海滨小城斯基尤特的海塘冲毁 30 英尺。在科德角往南，超过 4000 部电话因冰雪压断电话线而受影响。缅因州的情况更糟糕，新英格兰北部大部分地区都被埋在两英尺厚的大雪中，这是近年以来最为严重的冬季暴风雪。缅因州有超过1000名司机被冰雪围困在路上，有些司机在救援到达前已被围困超过36小时，预定于缅因州刘易斯顿城举办的一场雪地鞋竞走比赛也因大雪而取消。

彭德尔顿号在2月17日星期天晚上到达波士顿港外围区域，船长菲茨杰拉德今年已经41岁，此时心里正在想着家人团聚的温馨画面，他的妻子玛格丽特给他生了四个孩子。其他一些家在新英格兰的船员也渴望能马上回家。然而天公不作美，注定要好事多磨，因为能见度太低，船长菲茨杰拉德无法在漫天风雪中看见波士顿灯塔发出的指引灯光。如果没有灯塔引导，菲茨杰拉德绝不会拿所有船员的生命开玩笑驶进波士顿港，这片水域岛屿星罗棋布，有34个小岛。菲茨杰拉德没有进港，反而当机立断命令彭德尔顿号向外驶去，寻找一个能够躲避暴风雪的地方，等待能见度提升到可以进港为止。

时近午夜，海上突然狂风大作，从北极圈吹来的寒风将彭德尔顿号裹挟其中。船员奥利弗·金德伦当时刚跟发动机组船员玩完一局牌，金德伦今年47岁，来自宾夕法尼亚的切斯特市，他收好自己玩牌赢的钱打算回船首的住处，但是跟他一起玩牌的伙计都劝他留下来。海浪已经非常高了，这时出去很容易被卷进冰冷的海洋中。为了回到船首，金德伦必须通过甲板上的人行道才可以，但在这样风浪交加的晚上很容易掉进海里。仔细权衡之后，金德伦也认为这样太危险，最后他找了一个空铺躺下打算睡觉。

但在凌晨 4 点时，尽管船员拼命将船固定在科德角海湾内，彭德尔顿号还是被大风刮出来，进入科德角以东的海域。巨大的海浪拍打着船尾，此时彭德尔顿号航行状况良好，船长菲茨杰拉德也不担心会出现安全问题。但情况在之后两个小时发生巨大变化。大概凌晨 5 点 30 分，弗吉尼亚人、轮机长雷蒙德·赛伯特下令不允许任何一个船员到甲板上去。他还把航速降到 7 节。

大约 20 分钟后，5 点 50 分左右，一声巨响震动整艘船只，船员们感觉巨大的油轮似乎离开了波涛汹涌的海面。随后又是一声巨响还有震耳欲聋的撞击声，彭德尔顿号似乎又回到了海面。

佛罗里达棕榈滩人查尔斯·布里奇斯只有 18 岁，当时他正在睡觉，震耳欲聋的响声吓得他直接从床上跳起来。“我慌忙中抓起裤子、鞋子还有救生衣就冲到甲板上了，”布里奇斯回忆当时的情景，“甲板上聚满了人，场景混乱不堪，电力已经中断，到处都是一片黑暗，所以也不知道究竟发生了什么事。还没等其他人回过神来，我就抓起一只手电跑到甲板的人行道上，想要看看船首的人在干什么，我打开手电照着狭窄的道路，然后突然就照到了船体内。风浪非常大，喷溅的水滴击打着夹板，混杂着冰雹一起砸下来。我被眼前的景象惊呆了，因为脚下的路突然消失了，我这才反应过来，只要再走两步我就会掉进海里了。”

布里奇斯四处打量了一下，然后小步快跑回混乱的甲板上，大声喊：“这下糟了，船裂成两半了！”

听完这话马上有人提议放救生船逃生，但布里奇斯觉得他们八成是疯了，留在船上说不定还有活路，这种天气下坐救生船在海上必死无疑。

没人知道在船舱最底层的锅炉房现在是什么状况，但来自马萨诸塞州阿特尔伯勒市的锅炉工弗兰克·福特心中却有不祥的预感。福特身材高大，下巴方正，满脸的络腮胡子，看起来就像亚哈船长[1]一样，他已经是有九年船龄的老水手了，见识过无数风风雨雨。“二战”时他所在的驱逐舰曾在地中海被德军潜艇鱼雷击中，他侥幸逃过一劫。1947年德克萨斯城格朗姆舰爆炸时他再次幸免于难，当时爆炸激起的水浪高达15英尺，数百人遇难。

福特感受到了彭德尔顿号的倾斜，也听到了随后的巨大爆炸声。脑海中迅速浮现过往种种死里逃生的经历，他觉得自己的好运终于要用完了。过了一会儿，轮机长赛伯特跑进锅炉房大喊：“船裂成两半了！”

---

[1] 亚哈船长：赫尔曼·麦尔维尔所著《白鲸》中的主要角色，身材高大，脸上有疤，气宇非凡，具有美国式“硬汉性格”，是体现美国民族精神的非典型英雄，一个矛盾的悲剧性人物。

第一轮机助理大卫·布朗当时正在船尾的警卫室里值班，油轮破裂成两半后，他将发动力调成微速前进。过了一会儿，轮机长赛伯特让大卫把发动机关掉。现在所有的船员都被巨大的嘈杂声惊醒，他们惊慌跑出船舱，查看究竟发生了什么事。所有人都能听到船体破裂发出的“咔嚓、咔嚓”声，有些人还看见火球。来自新奥尔良的亨利·安德森是一名维修工，当船体破裂发出震天巨响时他正躺在床铺上。安德森当时抓起救生衣就冲向混乱的大厅，在那里可以直接看到灾难发生时的情景。“我跟另一个家伙一起拿着锤子把门钉死了，因为水开始涌进来。”他回忆道。

35岁的韦珀·弗雷德·布朗也是一名维修工，在睡梦中被吵醒。在成为彭德尔顿号油轮的一员前，他在缅因州险峻的卡斯柯湾的一家渔业公司工作多年。缅因州海岸非常险峻，已经有超过40艘船只在那个地方遇难，而他在波特兰还有妻子和四个孩子要抚养，他认为在油轮上工作比当渔民要安全得多，所以他成了彭德尔顿号的一员。当他刚听见那滔天巨响时以为彭德尔顿号触礁了。“我听到巨大的爆炸声，”他随后说，“就像你在撕裂一个巨大的铁罐头一样。”弗雷德拿起衣服冲上甲板，跟其他人挤在一起组成人墙以防被风浪卷入海中。海浪拍打在甲板上，冰冷的水珠四溅在弗雷德身上有一种刺痛的感觉。甲板上的人们已经被眼前的情景惊呆了，眼睁睁看着船首部分漂浮而去，消失在风雪中。

黎明时分菲茨杰拉德船长还有其他几位管理人员都在前面的驾驶台里，现在他们都随风而去。

46 岁的约瑟夫·赞普塔斯克是罗德岛人，1926 年就成了一名海员，此前他从没有过在睡觉时从床上掉下来的经历。船体分裂时，他才完成食堂执勤的任务回到床上进入梦乡，巨大的惯性将他从床上直接抛出来摔在地板上，他迷迷糊糊地醒来，挣扎着站起来抓起救生衣跑到甲板上。甲板上的巨浪是他此生仅见。

49 岁的华莱士·奎厄里是船上的第三轮机长，25 年的海员生涯里他已经见识过无数风风雨雨，但却没有一次像现在这么恐怖。奎厄里惊慌地拿起救生衣和《圣经》向外冲去，《圣经》是八年前妈妈给他的，之后他就一直随身携带着它，好似指引他生活的光明一般。船舱里的船员一窝蜂地争夺舷梯想要爬到甲板上去，推搡中奎厄里的《圣经》脱手掉到舷梯上，他想要回身捡书，但却被人流裹挟着向上爬。“在甲板上我看见海浪恐怕有 55 英尺那么高，”他回忆道，“浪潮不断冲击着甲板，最高时甚至都拍打到了桅杆。”其他在场船员事后回忆海浪至少有 70 英尺。

奎厄里在混乱的人群里找到了 16 岁的卡罗尔·基尔戈，他是船上年纪最小的船员，船员们平时都非常照顾这个来自波特兰的孩子。基尔戈四周前才签了自己的入伍合同，就像伯尼·韦伯 12 年前的离经叛道一样，这个一头乱发、齿间漏风的少年一开始只是想在这里寻找惊险刺激的生活，但没想到一个月后，他就蜷缩在船尾，被冰冷的海浪拍打着。这个 16 岁的孩子惊恐万分，人生的第一次海上之旅现在看来马上要变成最后一次。

风向稍变，船员们带着一丝希冀看着船首被风吹回来，两半船体发生碰撞，然后船首更加速朝外海漂去，最终如幽灵一般消失于茫茫大海之中，带走菲茨杰拉德船长和其他七位船员：大副马丁·莫、二副约瑟夫·W. 科尔根、三副哈罗德·班克斯、电报员詹姆士·G. 格里尔、海员约瑟夫·L. 兰德里、赫尔曼·G. 加特林和比利·罗伊·摩根。

船上的管理层几乎被一网打尽，筋疲力尽的幸存者们默默地为船首的兄弟们祈福，然后都抬头看着他们的顶头上司，寻求命令和希望。

年仅 33 岁的轮机长雷蒙德·赛伯特现在成了彭德尔顿号船尾的指挥者，他清点人数，发现只剩 32 人。然后他下令关闭除了锅炉房通向发动机室以外其他所有的水密门。赛伯特开始给剩下的人分配任务，安排人在船体两侧瞭望执勤。他大体视察了一下彭德尔顿号的受损状况，发现船体油舱破裂，浓稠的黑色液体流到海面上，随着湍急的风浪越漂越远。七号和八号油舱的舱壁都已受损破裂。

彭德尔顿号属于 T2-SE-A1 型船只，简称 T2 型油轮，还有一些人将其戏称为“下沉号”和“凯撒棺”。T2油轮存在设计缺陷，毛病可以追溯到十多年前。1943年1月17日，当时的新船斯克内克塔迪号刚完成海上试航返回俄勒冈州斯旺岛码头，船只在码头解体，整艘船裂成三部分，中间部分还在河上漂浮着，而船首和船尾却沉到河底。彭德尔顿号跟斯克内克塔迪号一样都是为了战争而粗制滥造出来的，1944年凯撒公司在俄勒冈州制造彭德尔顿号，现在该船在特拉华州的威明顿市服役。见过彭德尔顿号的人都说这船看起来很结实，503英尺长的船身，68英尺的型宽和39英尺的型深，66000匹马力的涡轮电力发动机并配有一个11英尺宽的水下螺旋桨，彭德尔顿号看起来性能强大、外形威武。但强悍的外表掩盖不了制造时使用的低下焊接方法。那个时期大部分T2型油轮的船体都是用“轮箍钢”拼装而成的，彭德尔顿号也不例外，这种钢材因为含有过多的硫而容易裂开。平时还好，一旦遇到大风巨浪或者极寒水域船体就会裂开。设计者努力想弥补这个缺陷，所以他们在船上装了止裂器，即用优质钢片对船体进行全覆盖。这种止裂器的初衷是封住焊接处的小裂口，防止裂缝向船体其他区域延展。但所谓的止裂器效果并不怎么好，一年多前的右舷四号舱和中间舱的舱壁就发生过严重破裂，一直没有得到彻底修复。更令人匪夷所思的是，就是这样彭德尔顿号最近却在佛罗里达的杰克逊维尔市通过了海岸警卫队的年检，认定这艘船没有问题。

现在船体分裂成两半，风浪不断吹打着船尾，顺着普罗温斯顿往南向科德角那里漂去。船首差不多也是沿着这条线路被吹走的，只是速度更快，离岸更远。电报房在船首，但菲茨杰拉德船长却没法打电报求助，因为船体分裂时，断路器已经切断了所有电路，船首这时既没电也没光。

船尾这里倒是有电，但却没有电报设备发出救援信号。人们手里只有那种小型便携收音机，天已大亮，船员们聚在一起听电台广播，他们听到另一艘 T2 型油轮 SS 福特 · 梅塞号在科德角外的某片水域同样遇险，海岸警卫队员已经前往事发海域救援梅塞堡垒号，广播里没有一个字提到彭德尔顿号。船员们面面相觑，心中惴惴不安：谁会来救我们呢？

第三章　梅塞堡垒号

汹涌的海浪从四面八方涌来，不断拍打着船只，没有丝毫间歇。当巨浪临近时，它们看起来更像连绵的山脉而非海浪。船像一叶孤舟一样在巨浪中飘来摇去，我们只能尽力在巨浪中定住自己的位置，不被风浪打翻。

——斯派克·沃克

彭德尔顿号解体的同时，梅塞堡垒号也在科德角外陷入与暴风雪的斗争中，暴风雪已经完全攫住这艘503英尺长的油轮，弗雷德里克·C. 佩策尔船长面对这样的情景束手无策。最后他将船首掉头朝向疯狂涌来的海浪方向，抛下船锚，祈祷能够安然无恙地撑到暴风雪结束。船在离开路易斯安那州诺科之后一路顺风，没有遭遇任何危险，现在距离目的地缅因州波特兰市只剩 30 海里的距离，虽然可能会耽误时间，但他完全可以等到这场暴风雪结束再进港，因为北大西洋一月份的暴风雪都是可以预测的。

但这次暴风雪没有减弱的迹象，相反，随着时，的推移风雪却越来越大。当天际露出一丝微弱的白光时，如山般的巨浪已经涨到五六十英尺，海上的风力也加强到飓风级别，夹杂着冰雹和雪花砸到甲板上。梅塞堡垒号受到重击。

然后早晨 8 点钟的时候佩策尔船长听到船体内传出一声巨大的脆响，他一时没有反应过来发生了什么，但很快人们就看到油从梅塞号右舷的船舱处喷涌而出，他们这才意识到梅塞号的船体破裂了。

48 岁的佩策尔船长当机立断下令将船速降到 3 节，然后掉转船的位置让左舷面对潮水的方向，这样可以避免裂缝进一步扩大。在向其他船员通报紧急情况后，佩策尔船长给海岸警卫队发出求救信息，报告船体第五油舱的焊接线已经开裂，装载的燃油开始外泄。

发出求救信息后，佩策尔船长和他的 42 名船员只能祈求在海岸警卫队的接应船到来之前油轮不会彻底解体。佩策尔船长出生在德国，14 岁就开始在海上讨生活，此前他从没看到过像今天一样的滔天巨浪，也从没听到过船体金属在海浪中撕裂的声音。

大概150英里外，海岸警卫队东风号小艇上，电报员莱恩·惠特莫尔正努力克服船体的颠簸，将精力放在电报信号上。一艘来自马萨诸塞州新贝尔福德的渔船已经数天失去消息，东风号负责搜寻这艘名叫保利纳的渔船。东风号现在正处于渔船最后消失的区域，莱恩不断发出信号，希望能够获得回馈。语音通信在那时还十分落后，只能传播大概四五十英里的距离，如果想要进行更远距离的传输，只有依靠莫尔斯电码。现在莱恩就在通过广播呼叫的方式搜寻渔船，希望保利纳如果还在附近区域的话可以听到，但随着风雪越来越大，莱恩心里明白找到渔船的机会已经越来越渺茫。

莱恩在康涅狄格州格罗顿市海岸警卫队的电报学校学习了关于莫尔斯电码的知识。他加入海岸警卫队的经历十分曲折，17岁那年，他和哥哥鲍勃还有朋友弗兰克决定离开家乡到外面去闯荡一下，见见世面。三个年轻人一开始决定参加海军，所以他们一起来到当地的征兵办公室，但只有莱恩通过体能测试，其他两个人都不合格，所以最后他们三个都没参加海军。接下来经过商量后他们觉得，海军不要他们，不如去海岸警卫队试试运气，所以他们三个人又来到海岸警卫队的征兵办公室。然而这一次又是莱恩通过体能测试，而鲍勃和弗兰克落选。最后弗兰克和鲍勃选择去参加空军并被录取，而莱恩更喜欢大海而不是天空，最后选择了留在海岸警卫队。

在新泽西五月湾度过新兵训练营的生活后，年轻的海员被分配到查塔姆救生艇站，在这里他负责操纵无线电报还有其他杂活，包括在艇长伯尼·韦伯怀疑的目光下给 36500 号摩托救生艇喷漆这项工作。“也不全是杂活，查塔姆让我受益良多，在那里工作的那些家伙，人都很好，我感觉就像在家里一样。”莱恩回忆。

在查塔姆待了 6 个月后莱恩进入电报学校学习，毕业后第一个任务就是在 280 英尺长的破冰船东风号上。那时候东风号被征用参加一项在格陵兰岛建立军事基地的绝密任务，主要担任补给船护卫舰和破冰船的任务。1951 年春夏之交的时候任务结束，然后 9 月份时东风号返回波士顿港，经常执行 30 天左右的短期任务。

1952 年 1 月末 2 月初的时候，20 岁的莱恩和破冰船上的同伴被派到纽约哈德孙河执行任务，“我们负责破除从西点到奥尔巴尼的冰面，结束之后东风号开始返回波士顿。其中一些船员在纽约登岸，打算乘车返回波士顿与我们会和。”结果当他们在楠塔基特岛南部遭遇暴风雪，并在搜寻保利纳号渔船以及船上的七名渔夫时人手严重不足。

2 月 18 日那一天的早晨莱恩永生难忘，“那一天早上 8 点我才刚到电报房准备搜寻保利纳号，突然耳机里传来莫尔斯电码的呼救声，是梅塞堡垒号发出的。”莱恩说。他立马全身坐直，被突然出现的求救信息吓了一跳，他快速解读出梅塞号的电报信息，同时示意电报房的另一个人去把电报长约翰·哈莱特叫过来。然后他将这件事通报给当时位于马萨诸塞州马斯菲尔德市的海岸警卫队地区通信站。

“我向所有过往船只和通信站发送消息，让他们停止使用 55 千赫的频率，因为现在有紧急情况。一般这个波段是用来进行国际通信和遇险呼救的，所有的海上船只和海岸电台都会监听这个频率，但一旦有人发出 SOS 呼救，这个波段立马变清净。”

莱恩继续通过莫尔斯电码搜寻梅塞号，希望能确定船只位置和发生的状况。油轮电报员约翰通报说船体有裂缝，他给出梅塞号的大致位置。东风号也在用船上的无线电测向仪确定梅塞号的位置。此时莱恩已经向附近海岸警卫队的其他船只通报这一紧急状况，他们也都在定位油轮的准确位置。

“哈莱特电报长正在舰桥上操作无线电测向仪，我从电台收到梅塞号发出的一系列重复的‘v’，这是遇险船只给救援船只提供方位信息的常用办法。我们很快就找到大体水域，然后在所有船只的一起努力下发现了梅塞号的准确位置。”

不幸的是，莱恩获悉东风号距油轮极其遥远，到达那里要花费几个小时。“海面狂风怒吼，风浪很大，我们好几个船员都晕船但还坚守在工作岗位上。风浪这么大，我们赶到梅塞号事发海域至少需要一天时间，到时恐怕一切都晚了。”

虽然距离梅塞号有150英里，东风号还是立即开始加速朝事发海域驶去，放弃搜寻渔船的任务，因为至今只找到渔船的一点碎片，基本上可以判定渔船已经遇险。来自马萨诸塞州温彻斯特的奥利弗·彼得森是东风号船长，他负责这次救援行动。另一艘海岸警卫队船只尼玛克号在楠塔基特岛南部水域搜寻保利纳号，现在也驶离那片水域去营救梅塞号。在马萨诸塞州的普罗温斯顿市，亚库塔特号救援艇也被派去参与营救任务，还有来自波士顿的麦卡洛克号。其他救援艇则处于随时待命的警戒状态。一艘美军海上运输船只短结号也参与营救。但天公不作美，当时天气状况非常恶劣，船只只能以3节的时速缓慢前行，从北方吹的高达六七十节的狂风和50英尺高的巨浪让船只步履维艰，天空中雪花肆虐，浪花和泡沫四溅而起。

梅塞堡垒号上，每当佩策尔船长听见海浪拍打船只的声音时就揪心不已。燃油继续泄漏，舵手尽量让船首方向对准海浪。佩策尔让船员们都穿上救生衣，除此之外他们无能为力，只能静静等待海岸警卫队救援力量的到来。

10点钟的时候，波士顿环球号跟梅塞号联系上，佩策尔告诉他们情况十分恶劣，海浪已经高达68英尺，但他相信“船只现在还没有什么大问题”。不过他也承认自己不能确定船只现在到底是个什么状况，因为现在走在甲板上十分危险。“我们只能在这儿待着。”他补充道。最后他怕岸上的家里人会担心，所以希望暂时先不要把这件事告诉家里人。梅塞号除了之前船体破裂发出巨响之外，现在一切正常，佩策尔船长祈祷情况不要继续恶化。

虽然佩策尔感觉梅塞号不会马上出问题，但他对这种预先制造构件然后焊接的油轮历史非常清楚，这让他有一种不好的预感。到今天为止，共有八艘油轮因船体破裂沉没，尤其是当面对低温天气下的恶劣海上天气时更容易破裂。而这两者正是梅塞号目前面临的处境，佩策尔感觉压力非常巨大，只希望海岸救援队能及早赶来。

在 10 点半的时候另一声恐怖的巨响传出，整艘船都开始倾斜。佩策尔立即向海岸警卫队发求救信息，告诉他们情况正在恶化。一股不祥的预感在船长心头升起，他感觉自己的油轮可能成为第九艘被海洋吞没的 T2 型油轮。

船上的气氛越来越压抑，暴风雪已经把船体撕开一个口子，海浪把口子越撕越大。佩策尔船长和船员们面对这种险境没有任何办法可想，只能绝望地等待着救援船只赶来。

接下来漫长的一小时过去，船员们很庆幸船体没有继续裂开。

然后大概 11 点 40 分左右，第三声金属撕裂的巨响震动所有人，这次裂缝从五号油舱的右舷一直延伸到船体吃水线上方几英寸处，燃油喷涌而出，漂浮在肆虐的洋面上。11 点 58 分时佩策尔发出另一个 SOS 求救信号，告诉营救人员船体要裂开。

几分钟后另一股巨浪撞向油轮，把所有船员都撞飞，等船员们站起来之后发现眼前的景象让他们目瞪口呆：船被撕裂成两半了！

船员阿兰森回忆说，当最后一声巨响和撕裂声传出来时，他以为整艘船都被揉碎了，“船就像电梯上升一样离开水面，然后又狠狠跌下来，等最后稳定下来的时候，船已经两半了。”

佩策尔与其他八名船员被困在船首，而其他三十四名船员则在船尾，海浪像玩玩具一样晃动船首，船首的前半部分向天空高高翘起，而后半部分则扎进水里，将一部分甲板淹没，并把救生艇冲走。更为致命的是这次事故把电台摔坏了，佩策尔无法与海岸警卫队联系的获取救援信息，也无法知道船尾的船员如何行动，他跟其他几个人绝望地被困在舰桥里，现在离开舰桥出去就会被卷进狂风怒浪之中。船首在风浪之中摇来摆去，没有动力支撑的它无法做出任何应对措施。

发动机在船尾部分，这时状况还很好，也没有进水。船体裂开之后，机械师立即关掉发动机。但现在船尾的船员看到风浪正在吹着船首朝他们撞过来，他们奇迹般地重新启动发动机，然后将螺旋桨位置掉头，远离朝他们撞过来的船首。但更大的麻烦还在后面。

第四章　这不可能是真的

乘风破浪，驶向深海。

——沃尔特·惠特曼

东风号上，电报员莱恩正在跟梅塞号电报员约翰·奥雷利进行通话。莱恩给梅塞号打气，告诉他们东风号以及尼玛克号等数艘船只已经赶去救援他们，而且还出动摩托艇和飞机等救援力量参与救援。但东风号在狂风怒浪中行驶十分缓慢，想要赶到事发海域至少得好几个小时，那时一切就都晚了。

梅塞号上的43名船员随时都有遭遇不测的风险，面对这种情况，海岸警卫队司令决定从查塔姆和楠塔基特岛派遣摩托艇快速救援。派遣36英尺长的摩托艇面对比它的长度高出两倍的巨浪是个十分艰难的决定，因为摩托艇上的船员很可能成为下一批需要救援的对象。

第一艘摩托艇从楠塔基特岛的布兰特站出发，由大副拉尔夫·L. 奥姆斯比和其他三名船员驾驶，这三人分别是阿尔弗雷德·J. 罗伊、唐纳德·E. 皮茨还有约翰·F. 邓恩。这四个人要穿行 50 英里的惊涛骇浪赶去救援梅塞号，而他们现在每小时只能行驶两英里。

驶离楠塔基特岛后，摩托艇要穿过危险的波洛克海峡，而且更加糟糕的是风浪已经把水面浮标都冲走。船只几乎立马陷入危险中，“罗伊，赶快让舵手关闭发动机，有巨浪。”船只在巨浪中几乎垂直于海面，随后重重落下。

第二艘摩托艇来自查塔姆救生艇站。站长博斯·丹尼尔·克拉夫接到命令后随即让唐纳德·H. 班斯挑选船员去营救梅塞号。班斯很快挑中一级技师埃默里·H. 海恩斯、三级水手安东尼奥·F. 巴莱里尼和水兵理查德·J. 西科恩，当伯尼·韦伯听到这个消息时心里默默在想：“天哪，难道他们真的以为一艘小船和几个船员，就能在这样漫天风雪中成功穿过惊涛骇浪去执行救援任务吗？”韦伯觉得，即使他们路上没冻死也没沉船，成功到达梅塞号事发水域，他们也没办法在这种天气里把船上的人接下来。韦伯跟这些人都是好朋友，他甚至不敢想以后还能不能再见到他们。

韦伯担心船员们可能会冻死是很有道理的，因为寒冷会降低人的灵活性和对问题的反应能力。面对寒冷，人体的第一反应是减少流向四肢的血液量，借此降低热量的损失，尤其是手和脚拥有密集的毛细血管，会消耗更多的热量。船员们出海的头一个小时里，血液就会减少流向四肢以保证内脏，尤其是心脏的热量供应。而四肢血液减少的代价就是人灵活性和操作能力的下降。如果摩托艇发动机发生故障，船员们冻僵的双手也无法排除故障。随着温度继续下降，四肢会发生冻伤，血液也会开始慢慢凝固，让胳膊和腿也变僵硬。1952 年的时候还没有发明橡胶手套和保暖内衣，所以除了常规保暖方式外船员无法保护自己的皮肤免受寒冷之苦。

奥姆斯比和班斯的船员都要经受极寒天气的考验，但前提是他们的船只没有被海浪吞噬而就此丧生。

第一艘抵达救援现场的船只是短结号运输船。彼时梅塞号船首和船尾已经分离，短结号尽量靠近梅塞号船尾，想要架设一条悬梯营救被困人员，然而海面风浪太大，这一想法难以实现。最后他们只能守护在一旁，打算营救不慎落水的船员。

从位于马萨诸塞州塞伦海岸警卫队基地以及罗兰岛海军基地起飞的飞机已经赶到事发水域，大概是在下午两点赶到的，飞行员乔治·瓦格纳报告说：“油轮已经裂成两半，船尾顺着水流越漂越远。”他还报告说梅塞号船上的救生艇都已经被海浪卷走，升降机也已经消失不见，他推测部分船员已经弃船登上救生艇逃命。飞行员驾驶飞机沿途搜寻梅塞号的救生艇，但却一无所获。

在飞机赶到事发水域的同时，查塔姆救生艇站站长克拉夫和大副奇克·蔡斯正在瞭望塔里一起观看雷达画面。早些时候雷达发生故障，但现在故障已经排除，他们在雷达上发现两个不知名的目标。“目标当时距海岸只有 5 英里，梅塞号被冲走的部分不可能漂到这里来。当时我们就有不好的预感，可能有其他船只遇险。”蔡斯回应。两人知道风向正朝南吹，所以如果雷达上的目标是梅塞号的话，理应朝西北方向漂去。所以克拉夫马上呼叫总部报告这一异常，然后他们知会瓦格纳飞到那片水域看一下。

瓦格纳在狂风怒雪中努力控制飞机，对查塔姆传来的消息感到莫名其妙，他盯着梅塞号剩下的船尾好奇，另一部分怎么可能突然跑到 25 英里外的查塔姆。如果不是梅塞号的话，那查塔姆雷达发现的又是什么呢？瓦格纳操控飞机转头朝那片水域飞去，想要看看发生了什么。幸运的是，雪逐渐转变成雨和雨夹雪，能见度比之前好很多。

瓦格纳飞得很低，很快就在大风天气里抵达波洛克灯塔。然后他就看到在灯塔不远处就是一艘油轮的船首部分，瓦格纳注意到船首的上层建筑是棕色的，跟梅塞号的白色不一样。他不能置信地摇摇头，然后围着飞了一圈观察情况，然后他发现在船首一侧用白色的大字印刷着“彭德尔顿号”几个字。当他将这一消息反馈回指挥中心时，所有人都惊呆了，仅仅距梅塞号 30 英里的位置，又一艘油轮裂成两半，这真让人难以置信。

东风号电报员莱恩听到这个消息后吃惊地跌坐在椅子上，以为自己听错了。“又一艘油轮？”到目前为止还没人知道彭德尔顿号也遇险。“这不可能是真的，一定是哪里弄错了。”

第五章　驾驶 36500 号出海

哦，主啊，请庇护我，大海如此广阔，而我的小船却如此渺小。

—— 布列尼塔渔民祷词

在发现彭德尔顿号遇险之前，伯尼·韦伯一早晨都在忙。旧港码头上有几艘渔船被大风吹断了锚，在岸边搁浅。韦伯和同事驾驶 36500 号救生艇在海浪把渔船冲坏之前拖回海中，重新固定。这就是海员的日常工作，就像牛仔一样，只不过不是在德克萨斯的烈日之下放牛，而是在漫天风雪和彻骨低温中救援、管理各类船只。但韦伯知道他们的工作意义重大，如果渔民没有了渔船，就无法出海捕鱼、养家糊口。

韦伯跟海员理查德·P. 利夫西，还有老朋友——一等海军上士梅尔·古斯，一起处理眼前的事情，梅尔这几天还身患感冒。

迎面吹来的寒风让利夫西想起在北大西洋破冰船上度过的14个月时光。利夫西今年只有22岁，虽然比韦伯年轻两岁，却经验老到。利夫西于1930年出生于波士顿，成长于往南58英里的费尔黑文渔村，村子坐落在巴泽兹湾，对面就是新贝尔福德港。利夫西的父亲奥斯瓦德是一名拥有22年船龄的老水手，他在海军担任供水船船长，很喜欢向儿子讲述海上的奇异故事，所以利夫西很早就对大海很痴迷。家乡的鹅卵石小路更是吸引着利夫西成为一名海员。费尔黑文历史悠久，1775年5月的美国独立战争海军战役就发生在这里，纳撒尼尔·溥博和丹尼尔带领当地民兵武装在巴泽兹湾缴获英军两艘帆船，两年后市政领导在诺斯克建立一个堡垒，里面装备11门大炮，其中一些是美国海军英雄约翰·保罗·琼斯在巴哈马缴获的。该堡垒毁于1778年，4000名英军士兵在新贝尔福德港登陆并袭击。随后这一要塞被重建，并改名为不死鸟要塞，取不死鸟浴火重生之意。小镇随着时间增长日益变大，共享新贝尔福德市捕鲸业的繁荣。

理查德·利夫西血管之中流动着的好像不是血液而是盐水，他无时无刻不想加入海军。一等到征兵法定年龄，他就让父亲带他去当地的海军征兵办公室，老利夫西欣然同意，为儿子接过海员的衣钵而大为欣慰。但到了征兵办公室之后，他们却被告知利夫西还要等10个月才能够法定年龄，那是1947年，利夫西17

岁的时候。10 个月对毛躁的利夫西来说宛如一辈子那么久远，他渴望冒险和行动，为此不想浪费一分一秒去等待，所以走出海军征兵办公室时，利夫西告诉父亲他想去参加空军。随后父子俩看到海岸警卫队的征兵办公室就在隔壁不远。利夫西关于海洋冒险的心思又重新开始冒起，他只问了征兵办工作人员一个问题："我什么时候能上船？""明天。"利夫西当场签下协议书。但第二天并没有如愿上船。等了一个星期之后他被送到了佛罗里达的海港新兵训练营，那里是美国海军最大的母港之一。利夫西好不容易熬完训练营的日子，数着日子想要上船。此后四年他作为海岸警卫队救援、破冰船的成员在海上活动。然后他服务于新贝尔福德救援站巡逻艇编队，他家乡正好就在对面。1951 年合同到期后他从海岸警卫队离职，干过道路施工和捕鱼场的工作，这些工作挣钱比海岸警卫队多，但他却仍然更喜欢海岸警卫队这份工作，所以最后他又回到了这里。现在他正在一月中旬酷寒的早晨里帮助渔船抛锚。

工作完成后，韦伯、利夫西还有梅尔将摩托救生艇抛锚固定好，然后跳上平底小船朝岸边划去。他们几个又饿又累还冷，现在只想赶快回查塔姆站换件衣服，吃几口热乎的饭菜。冰冷的海水早已把他们的衣服打湿，利夫西和梅尔两个人都穿着帆布背带裤和帆布夹克，而韦伯穿着一身皮制大衣。这些都是"二战"时候剩下的东西，现在都已经无法御寒。梅尔因为寒冷和感冒开始全身打战，他和利夫西都把被海水浸湿的羊毛手套拧干戴上，希望能把手焐热乎点儿，促进血液循环。韦伯只是把冰冷的双手插在皮大衣的兜里，他不能在这种天气里戴手套，因为他还要摸方向盘，抓离合器操纵杆。当他们在码头上时，一辆海岸警卫队的卡车开了过来。

“去奥尔良市的瑙塞特海滩，”驾驶员大喊，“有一艘船遇难，需要救援。”居住在瑙塞特海湾的一个女人发现了彭德尔顿号的事故。她七次听到彭德尔顿号鸣笛，然后立即打电话给奥尔良市警察局长约翰·希金斯，希金斯马上将这一消息通报给瑙塞特救生艇站。

韦伯等三人被告知与瑙塞特救生艇站的人一起乘水陆两栖车，去搜寻遇险船只并提供必要援助。这种俗称“鸭子”的水陆两栖车是六轮驱动，“二战”时该车主要用于盟军诺曼底登陆。水陆两栖车的军事编码是DUKW，这个编码涵盖该车的主要信息：D是该车生产的年份1942年，U是水陆两栖的意思，K是前轮驱动，W是双后轮驱动的意思。现在这种车装备在海岸警卫队瑙塞特救生艇站，用“鸭子”来搜寻漂走的彭德尔顿号实在再合适不过了，因为这种车用来穿越沙滩和滨海海浪非常好用。但首先韦伯等人要到达奥尔良市。

坑洼的路面上积雪很厚，沿着科德角海岸公路开车去奥尔良市让韦伯等三人胆战心惊。积雪下面还有一层冰，风也很大，他们的道奇卡车要开得很慢、很小心。还好车里的加热器还能工作，一旦情况稍有好转韦伯心里就开始为唐纳德·班斯担心，在这样恶劣的天气里出海，希望他一切顺利。

韦伯三人最终来到奥尔良市，与罗伊·皮戈特还有瑙塞特救生艇站的其他人碰头。大家都挤上一艘水陆两栖车朝瑙塞特海滩开去，最后他们停在梅奥养鸭场附近的小山丘上。梅奥养鸭场是新英格兰六州的主要家禽供应商，他们在暴风雪之前已经把所有家禽都放置在安全地方。海岸警卫队员们站在山丘上朝海面望去，希望能发现一点儿蛛丝马迹。如果是在天气好的情况从这里纵目远眺，可以将附近海域的美景尽收眼底，但今天天空中只有无尽的雪花和白蒙蒙的一片。海水在狂风的作用下朝海滩涌来，漫过两栖车。过了一会儿之后，雪势稍停，船员们可以隐约看到一个灰蒙蒙的庞然大物，颜色比海面更深，随着滔天巨浪东摇西摆。那是半艘船在快速朝查塔姆漂去。海岸警卫队员们知道水陆两栖车这么小的体形根本派不上用场。

海岸警卫队向参与梅塞号营救任务的所有船只都发出消息，消息是紧急优先等级：

彭德尔顿已确认裂成两半。船尾部分朝查塔姆方向漂去。船首部分在波洛克水域。之前并没有收到关于彭德尔顿号的事故消息。彭德尔顿号本预计昨天停靠波士顿港但却未如预期进港。这是除梅塞号外第二艘遇险船只。

返回查塔姆站时，恶劣的天气将轮机师安迪·菲茨杰拉德（安德鲁·J. 菲茨杰拉德）困在发动机室里取暖——20 岁的轮机师是站里年纪最小的人。安迪并不是生于海边，事实上在加入海岸警卫队之前他还不怎么懂水性。他于 1931 年出生在世界鞋都——麻省的布罗克顿市。该市荣获这一殊誉是因为南北战争时期政府向这里下了大量鞋类订单，使布罗克顿成为世界上最大的鞋类加工地。到 1929 年，布罗克顿有六十家鞋厂，雇用三万工人。安迪的父亲就是其中一名制鞋工人，在举家迁往黑石镇并在纺织厂找到一份更好的工作前，他在两家制鞋厂工作过。不像利夫西小时候听过关于美国独立战争的各种鬼怪故事，安迪生活的怀廷斯维尔镇主要居民是贵格会教徒，他们的和平主义倾向让这里远离各种战乱。但年轻的时候安迪却经常打架，在足球场上他是一名中后卫，虽然只有 140 磅重，体形稍小，但他的表现非常抢眼。除此之外，他还喜欢打篮球和棒球。20 世纪 40 年代后期对黑石镇的居民来说是一段不堪回首的日子，工业革命时期黑石河的水流给工厂提供必要的动力，但现在黑石河却面临断流的危险。高中毕业后，安迪既没钱上大学，在怀廷斯维尔也找不到什么工作，所以他和朋友徒步到当地火车站，乘车去波士顿，最后加入了海岸警卫队。

安迪·菲茨杰拉德在查塔姆救生艇站早晨的任务主要是检查三艘船的保养状况，这三艘船一艘是 38 英尺的巡逻艇，还有两艘是 36 英尺的摩托艇 CG36383 号和 CG36500 号，站里的人称它们为“老 38 尺号”。安迪要给每艘船都加满油，然后驾驶船出去溜一圈。但今早站长博斯·丹尼尔·克拉夫没有让安迪进行常规的航行测试，因为风雪和海浪太大，让年轻的轮机师驾着小船出海不安全。

落日余晖散尽，当黑暗笼罩查塔姆救生艇站时，筋疲力尽的伯尼·韦伯等人驾驶道奇卡车从瑙塞特海岸回来。韦伯想要立即告诉克拉夫彭德尔顿号的船尾正朝这儿漂过来，要及早应对。走进站长办公室时，韦伯看到克拉夫正在屋里焦虑地走来走去，面对这种情况不知如何是好。这是克拉夫作为查塔姆救生艇站站长面临的第一次突发事件，一些船员对他的能力深表怀疑。克拉夫是弗吉尼亚辛科提格人，那是弗吉尼亚东海岸的一个小渔村，也是著名的辛科提格马泳赛的故乡。克拉夫站长此前几乎很少过问救生艇站的日常事务，而是将精力主要放在与镇上商业领导们的交往上面。

克拉夫把韦伯叫到跟前，用南方人特有的那种慢吞吞的调子说：“韦伯，去挑几个人，你得开着 36500 号穿过险滩去救援彭德尔顿号，听到了吗？”

伯尼·韦伯觉得自己的心一下子沉到了底。他想象自己驾驶小破木船穿过危险的查塔姆沙洲驶向深海的情景，那简直是所有船员的噩梦。查塔姆沙洲附近水文状况十分恶劣，潮流加上深海涌来的浪花能将一切小船顷刻间撕成碎片。这种在深海形成的海潮在涌向浅水区时会变得更加猛烈和凶险，最后碰撞形成碎浪。而这还是天气好的时候的情况。今天这种天气里情况会凶险十倍。韦伯曾见过渔船前挡风玻璃被撞碎，船舱在碰到查塔姆沙洲时整个碎掉。这还不是最坏的情况，韦伯第一次在查塔姆见到死人是抹香鲸号出事。抹香鲸号是一艘双人 40 英尺的渔船，1950 年一个阳光明媚的秋日午后，抹香鲸号打算穿过沙洲出海捕鱼，在波光粼粼的平静海面下隐藏着汹涌而来的急流，当渔船撞到沙洲时整个船都被海浪打翻，等船最后被冲到附近海滩时，船上的人都已不见踪影。韦伯最后找到其中一名渔民埃尔罗伊·拉金的尸体，但他的同伴阿奇·尼克森却就此失踪。理查德·利夫西也参加过那次救援行动，他当时还不知道他在搜寻的人将是他未来的岳父。四年后，利夫西将迎娶了阿奇·尼克森的女儿贝弗利。

那噩梦一般的场景一直深深埋在韦伯脑海深处，当他接到克拉夫的命令时，脑海里立刻闪现出海岸警卫队的箴言，海岸警卫队的正式口号是“Semper Paratus”，这是一句拉丁文，“时刻戒备”的意思。但此时在韦伯脑海里萦绕不去的是另一句私下里流传的口号：你必须得去，但不见得能回来。“是，克拉夫先生，我立刻去准备。”韦伯回答道。走出办公室后韦伯也好奇地想过，站里有许多资历比他老得多的人在执勤，为什么会选中他执行这次任务。但他还是没有丝毫犹豫地接受了这次任务。现在他需要挑选几个志同道合的人一起执行这次任务。“谁要跟我一起出海？”他最后大声问。但这只是打个招呼罢了，不是真的在询问。“在海岸警卫队，一开始你先开口问，如果没有人立即响应你的话，你就直接点人就可以了。”韦伯日后回忆。

理查德·利夫西感到有些担忧。他已经看到猛烈的海潮击打北海滩的样子，这样的天气里出海简直跟送死差不多。但他还是战胜恐惧、疲惫和寒冷，举起自己的手说：“伯尼，我跟你去。”然后韦伯把头转向他的老朋友梅尔，他现在正躺在一张小床上，浑身高热不退，韦伯的妻子此时也正身患感冒卧病在床。安迪·菲茨杰拉德当时正在旁边，他说：“梅尔病得很重，还是我去吧。”安迪一整天都无所事事，所以此时非常乐意有点事情做。算上他们三个还缺四个人，当听到韦伯的号召时，欧文·E. 马斯克正在乱糟糟的大厅里闲逛，他是来到救生艇站做客的，没有义务参加这次危险的任务。23 岁的马斯克是威斯康星马里内特人，那是在格林湾海岸的一个伐木小镇，他现在在石马灯塔船上工作，这次是回来休假的。马斯克的父母名叫阿尔伯特和贝莎·马斯克，他是三个孩子里最小的，他的父亲在马里内特养牛和马。他的大哥居无定所，干过很多工作，但欧文更喜欢他二哥克拉伦斯，所以追随他进入了海岸警卫队。马斯克跟韦伯一样也有娇妻在家等着他，他刚跟佛洛伦斯·西尔弗曼结婚。两人是在布鲁克林的一次舞会上认识的。欧文本没有必要参加这次行动，因为即使成功他也没有什么好处，而且风险这么大，失败就有性命之忧，再加上他跟这里的人之前都不认识，但他还是没有丝毫犹豫地站出来自愿参加这次营救行动。韦伯跟马斯克握手以示感谢，然后让他去做好准备。

四名船员已经做好准备出海，但他们有能力在这样的天气出海吗？24 岁的韦伯是他们几个人里年纪最大和最有经验的，其他几个人都刚 20 岁出头，安迪·菲茨杰拉德只有 20 岁，刚来救生艇站没几年，今年刚从轮机学校进修回来。他此前从未参加营救行动，只听人说过穿过查塔姆沙洲附近有多惊险。新兵营后安迪职业生涯里经历过的最危险的事情是在卡迪航克岛附近，当时他正在一艘灯塔船上，晚上睡觉的时候锚链突然断裂，传出的巨响把所有人都惊醒，当船员们争相起来查看发生什么事情时，船正全力朝岸边的石崖撞去。经过惊心动魄的几分钟摆弄后，船员成功发动了发动机，避免了撞向岸边粉碎的悲剧。轮机师祈祷自己缺乏经验不会给其他船员带来负担，虽然他个人跟韦伯接触不是很多，因为韦伯年纪比他大还是结了婚的，但他跟韦伯在 36500 号上一起巡航过，那时韦伯娴熟的驾船技巧就让他印象深刻。如果让安迪在站里选一个人在暴风雪天气里一起穿过沙洲的话，那也一定是伯尼·韦伯。但今天的暴风雪非同一般，安迪之前听到航用无线电台传来的各种消息，说海浪大到无法想象，足有 60 英尺高。

马斯克、韦伯、菲茨杰拉德还有利夫西之前从未作为一个团队训练过，事实上查塔姆救生艇站的其他三个人之前跟马斯克根本就不认识。但除了诸多差异之外，这几个人也有许多共同点，他们都身材魁梧，加入海岸警卫队都是为了拯救生命，现在他们一展身手的时候到了。韦伯身材瘦长，，6 英尺 2 英寸，是这几个人里身材最高的，身上总有一种镇定自若的风度。利夫西比韦伯大概矮 4 寸，生活中总是随遇而安，喜欢开玩笑，但他悠然自得的态度也仅到现在而已。利夫西对掌管和分配东西很在行，所以赢得管家的称号。6 英尺高的安迪脸上总是带着微笑，跟所有人都能交上朋友。马斯克是所有人里最矮的，他是一个沉默寡言的年轻人，但很有进取心，因为不是所有人都敢于冒着生命危险跟三个陌生人一起参加救援行动。四个人都对汹涌肆虐的风浪忧心忡忡，但每个人都努力克制恐惧和焦虑，勇敢面对将要做的事情。

第六章　查塔姆浅滩爆炸

韦伯、利夫西、菲茨杰拉德、马斯克等人忧心忡忡地离开了查塔姆救生艇站，驱车回到查塔姆渔港码头。韦伯停好车后打开车门，漫天风雪扑面而来，不远处一只小木船被风浪吹得东倒西歪，那就是他们展开营救行动要乘坐的船只。海岸警卫队队员们走过去，顺着一个梯子向下爬进渔船内。划着这样一条小渔船出海无疑要累得筋疲力尽，他们对此已有了思想准备。就在这时，他们听到头顶码头上传来说话声："希望你们没走出多远就迷路。"老渔民约翰·斯特洛对他们喊道。他们明白斯特洛的意思是"趁着你们还能回头赶快回来吧，别冒险了"。斯特洛是Jeanie S号的船长，这是以他妻子的名义命名的，他还有一家经营海产品的公司，叫作海澜纳，意思是渔船在出海时满载而归，将吃水线压得很深。他跟其他许多渔民一样因为暴风雨而只能在岸上待着。斯特洛和伯尼·韦伯是十几年的老朋友了，而且在海景街住对门。“打电话告诉米里亚姆这里的情况。”韦伯向他喊道。韦伯已经两天没有跟他妻子讲话了，他想起她躺在床上想家的情景就感到心痛。韦伯凝视船上其他三个人的脸，想着他们在接下来几个小时内会怎么支撑下去。思绪重又回到自己妻子的身上，如果自己万一回不来了，她以后该怎样生活呢？韦伯面对困难无所畏惧，即使要去执行这看起来凶多吉少的任务也不能让他退缩，但每当想起自己与米里亚姆共同经营的那个温暖舒适的小家庭时，真实的情感便再也无法抑制，汹涌而出将他淹没。

韦伯和米里亚姆的爱情攻防战旷日持久，尤其是就米里亚姆而言。他们俩相识于一通电话。1950 年的一天，韦伯开着他 1939 年款普利茅斯双门轿车拉着几个朋友一起去普罗温斯顿，他们在那儿与三个女孩约好了。当车开到奥尔良时突然抛锚了，他走了很远才找到一个付费电话亭，打电话给约会伙伴解释原因。他的约会泡汤了，只能叫人把车拖回查塔姆，铁定到手的艳遇看起来也没戏了。但几天之后，一个年轻女人打电话给查塔姆救生艇站，找一个叫韦勃的人，虽然这个女人弄错了名字，但却找对了人。韦伯拿起电话开始跟这个神秘的女人聊天儿，她既不告诉他名字，也不透露有关自己的任何信息。她开玩笑地告诉韦伯，她之前见过他，还知道他是谁。这个暧昧的电话游戏时不时上演一次，韦伯的好奇心与日俱增。在他们煲电话粥时，韦伯奇怪地发现她总是不断地打断他。“等会儿。”然后她就会离开电话一小会儿。后来女人告诉他自己是威福利通信公司的话务员时，韦伯的好奇心才得到满足。其实她就是那天给韦伯转接电话的话务员。“随着接触的深入，我知道她是一个金发碧眼的美人，还有其他一些优点也很吸引我。”伯尼·韦伯 1985 年在回忆录《查塔姆：救生艇船员》里写道。韦伯曾在电话里约她出去，但出人意料的是她拒绝了，韦伯屡败屡战，但米里亚姆绝不松口。最终备感受挫的韦伯向她摊牌：“要么见面，否则别再打电话过来了。”

这个神秘的女人最后屈服了，但是要求必须各带一人参加。约会那天，韦伯带着梅尔，开着那辆普利茅斯去位于韦尔弗利特主街的鲍勃杂货店，那是一月份的夜晚，天气十分寒冷，但韦伯却感觉自己紧张得汗流浃背。他走进杂货店发现里面有两个女人，一个站在柜台后，一个坐在柜台前的凳子上，但感觉都不像他魂牵梦萦的那个人。他问柜台后那个女人是否认识米里亚姆，那个女人指向街角的一个电话亭。韦伯给自己打完气之后开门走向电话亭，准备去见米里亚姆。她那天穿着一件皮大衣，完全遮掩了自己的身材，但却无法掩盖她的美貌。强壮的韦伯完全被她的美貌所折服，他们第一次约会就接了吻，第二次米里亚姆就领着他见了自己的父亲奥托和母亲奥尔加。她们一家是芬兰人，数年前移居美国。他们俩的关系在几个月之后发生实质变化，那天他们把车停在瑙塞特沙滩附近，米里亚姆突然开口问伯尼："你要娶我吗？"韦伯被这话吓了一跳，下意识地回答说"不"。而米里亚姆的反应则是很平淡地说："好吧，送我回去吧。"伯尼在迷雾中开车送米里亚姆回家，突然他把车停在一边，脑海中反复想起刚才她的话，他知道自己真的很喜欢她，不想失去她，所以他转身对她说："好的。""好什么？"她问道。"我娶你啊。"他回答道。说完他就不说话了，等着米里亚姆高兴地扑到他怀里来。但她的反应却是："什么时候？"韦伯现在已经完全不知道该怎么办了，问米里亚姆她想什么时候结婚。"7 月 16 日。"她脱口而出。

婚礼最后于 1950 年 7 月 16 日在韦伯的家乡麻省米尔顿市举行，韦伯的父亲——牧师伯纳德·韦伯作为证婚人主持整个仪式。新婚夫妇结婚后就搬到韦尔弗利特市窗帘厂旁边的一个小阁楼公寓里，但两人相隔太远，结婚的第一个月里他们两人几乎没怎么见面，他在救生艇站待了十天而在家里只待了两天。夫妻俩知道必须想办法改变这种状况，随后他们在查塔姆救生艇站附近租了一个宽敞的木屋，这样韦伯就可以在空闲的时候偷偷溜回来。韦伯自己一个人在救生艇站的工资不够养家糊口，所以米里亚姆在商场找了一份工作补贴家用。两人在查塔姆过起了幸福美满的小日子，韦伯对这种生活非常感恩。但韦伯的工作总是给他们的新婚生活带来阴影，幸福总是有代价的。

到达港口时，韦伯打量着远处CG36500号的尺寸，黑夜里好像36500号也同样在打量着他。许多人的命都已经押在这艘木船身上，不管是他们四个，还是彭德尔顿号上还活着的人。或者他打算跟米里亚姆生个孩子，而这一切的前提都是36500号在这场海难中能坚持下来。“伙计，你打算好面对挑战了吗？”他在内心拷问自己。像所有这个规格的救生艇一样，36500号是在马里兰州柯蒂斯湾的海上警卫队船坞制造的，这个船坞从1937—1956年间共生产了138艘船只。36500号建于1946年，距今仅6年，性能正处于巅峰状态。船全长36英尺，能够承载两万英磅（1英磅约0.45千克）的重量。这种特殊的两头船当初是为了抵御一切海上的狂风怒浪设计的，但韦伯心里却在想，当初的设计者在设计时想没想过会遇到今天这种恶劣天气，巨浪一波又一波地拍打着新英格兰海岸。

曾干过造船学徒和木匠的亨利·格瑞海德1790年在英格兰南希尔兹造出第一艘救生艇，当时的救生艇有六对桨，需要十二个人才能驱动，发展到今天功能已经非常强大。当时亨利设计的救生艇没有船舵，而是用一根长长的舵桨掉头转弯。亨利的发明源于一场悲剧，1789 年冒险号在赫德沙滩搁浅，那个地方正好靠近亨利的家乡南希尔兹。虽然当时人们能从岸边看到搁浅的船只，但却没办法救援他们，因为当时海浪非常急，没有合适的船只能在海浪中穿过浅滩前去救援，最后冒险号上的船员都遇难。事发后英国海监机构有奖征集救生艇设计方案，亨利的救生艇方案最终夺冠。自此之后人们不断改进救生艇的功能，发展到今天一艘救生艇的标准尺寸是 35 英尺，能够携载三名船员和十名桨手。救生艇出现在美国始于 1851 年，船员们划着 26 ～ 30 英尺长的冲浪艇去执行营救搁浅船员的任务。第一艘摩托救生艇诞生于 1899 年，苏必利尔湖马凯特救生艇站的人，在一艘 34 英尺长的救生艇上安装了一台蒸汽驱动的发动机。到 1908 年，36 英尺长的救生艇已经在全美的救生艇站开始服役，其中也包括在麻省的五个救生艇站：格洛斯特、赫尔、普罗温斯顿、卡迪航克和查塔姆。到 1952 年救生艇的整个设计思路得到极大提升，最新的是 H 系列摩托救生艇，拥有双层船体以及位于船体中间的密闭发动机。

伯尼·韦伯几人最后终于登上 36500 号，这艘小船即将担负重大而艰巨的历史使命。韦伯、安迪和利夫西对它已经很熟悉，利夫西多次开着它给波洛克灯塔和停泊在海面上的石马号运送给养。利夫西知道谁现在是这艘船的船长，所以当韦伯上来后他自动给他让地方。他们在下午 5：05 正式出发，天空已经由深灰色变得漆黑一片，岸上的灯光在远去的船员眼里越来越小，直至变成点点星火，消失不见。现在船员们都能够看到海浪拍打在北沙滩上的情景，每个人都在盘算他们成功通过查塔姆浅滩的概率有多大。韦伯把一根皮带的一端系在手腕上，另一端系在舵手舱的把手上。他的心里非常不平静，有那么一瞬间他甚至在心里祈祷电台会呼叫他回去。拿起麦克风，韦伯呼叫站台并向克拉夫汇报当前情况，希望他能改变主意，但电台里传来克拉夫的弗吉尼亚腔却是："按照预定方向继续前进。"韦伯等人只能硬着头皮继续前进。天气非常寒冷，他们感觉自己的脚已经冻得失去知觉，好像在鞋子里塞了一块冰。到达查塔姆港外边时，他们听到沙洲附近海浪怒吼的声音，整个海面上都漂泊着一层黄白色的海浪泡沫。"这场航行注定不会太平。"理查德·利夫西心里对自己说。当他们靠得越来越近时，声音轰鸣得就如世界末日一般，利夫西以为自己马上就要跟 36500 号一起葬身海底。正在船前方操纵探照灯的安迪听到海浪拍打水面发出的巨响也感到非常恐惧。面对险境，他只能把希望寄托在韦伯的经验和 36500 号的安全性上，现在这艘小船是他在暴怒的海洋中唯一可以倚靠的支柱。

当他们靠得更近时，探照灯照亮了沙洲附近的浅滩，四个人都看到前方的情景。韦伯简直不能相信他眼睛看到的，他从来没看到过这么大的海浪，在海浪面前救生艇显得无比渺小。韦伯现在感觉又冷又怕，但他必须做出决定——这关系到一船人的生命问题。“我应该返航吗？还是继续前进？现在我该怎么办？”韦伯心里清楚，现在返航的话回去也没人能说什么，让四个人没有意义地送死对救援彭德尔顿号来说根本于事无补。他让自己脑子冷静下来，想到那些他将要去拯救的人，他心里能够想见等待救援的船员们瑟缩在那个铁皮棺材里的场面，现在他们四个就是那些人的所有希望。

这个场面让韦伯回想起两年前一次情况同样这么危险的营救行动。那次行动给他留下刻骨铭心的记忆，他感觉自己现在还能在汹涌的浪潮里看到那些死去的面孔。当时一艘来自新贝尔福德的扇贝采集船威廉·兰德里号也像现在彭德尔顿号一样被东北风暴侵袭，那是发生在 1950 年早春的事情，冬日余威未尽，整个英格兰都处于风暴肆虐的状态。科德角地区降雪足有 8 英尺厚，而且随着时间的推移雪势不仅没有减弱，反而逐渐加强，伴随着 70 英里每小时的风速和汹涌的海浪，整个查塔姆地区都已经陷入大雪的控制中。当时兰德里号刚花费 5 万美元进行维修，整个船保养得非常好。它本来打算绕着莫诺莫伊去楠塔基特湾躲避风雪，但在狂怒的海浪击打下，整艘船都开始进水，船员们奋力向外舀水。危急时刻阿恩·汉森成功发送出求救信息，波洛克灯塔收到求救信息后转发给查塔姆救生艇站。

救生艇站很快拿出一套营救方案，需要经验丰富且勇敢无畏的灯塔船员和救生艇站队员一起参与。当时人们设想了两种情形，如果兰德里号能成功跟灯塔船靠近，就可以从灯塔船上扔出粗缆系在船头牵引兰德里号。同时查塔姆救生艇站会派出救生艇去把兰德里号上的船员接回来，或者在A方案无法执行时救援兰德里号。这个方案看起来十分简单有效，但现实却无比危险，灯塔船在狂怒的大风和海浪中左摇右摆，根本无法牵引兰德里号，一个试图在甲板上系绳子的船员差点儿被卷入大海中。海上情况如此，查塔姆救生艇站的情况也不容乐观。当时救生艇站的营救小组是由老水手弗兰克·马萨基领导的，他当时是救生艇站的水手长，韦伯当时也参加了营救行动，是四名小组成员之一。他们被命令驾驶停在驿港的36383号出海，但仅仅是想要到船上去都要面临一番生死搏斗。以前一直风平浪静的驿港现在浪花滔天，海面满是白色的水花泡沫，正常人只要看一眼这情景就绝不会想下海。

韦伯等人给小船安上桨座固定船桨，然后拖着小船下水。最后大家搀扶着爬上船，马萨基和巴莱利尼坐在船后面，韦伯和梅尔抓住船桨开始与狂风怒浪搏斗。一开始才想要朝 36383 方向开去小船就差点儿被海浪打翻，本来如果驾驶 36500 号会更好一点儿，因为 36500 号就停泊在旧港码头，而且离救援目标距离更近。但当时的站长认为 36383 号更结实一点儿，更能抵御恶劣的海洋天气。现实却是 36383 号连证明自己比 36500 号更结实的机会都没有，因为海岸警卫队员们都无法穿过风浪去驾驶它出海。小船被海浪打翻，把韦伯和其他船员掀翻到冰冷刺骨的海水中，落水后大家一开始十分慌张，但本能的恐惧过后，日常训练的成果开始显现。落水的船员们在水里踢掉笨重的鞋子，抓住倾覆的船帮保持不动。他们以前受过这方面的指导，落水后保持不动可以尽量多地保存热量，而且在这么恶劣的天气里游泳，除了浪费热量外根本于事无补。最后船员们被海浪冲回莫里斯岛沙滩，小船也搁浅在岸边。韦伯等几个人想先去岸边的船舱里取暖，休息一下已经麻木冻僵的四肢，但坚毅的弗兰克·马萨基却拒绝放弃这次救援任务。马萨基德高望重，经验丰富，为救生艇站所有人钦佩。他命令众人把小船翻过来，然后又找回散落的船桨重新入水。船员的坚持不懈在狂风怒浪的恶劣天气中只能是徒劳的，他们又一次被海浪掀翻，船员又被扔进冰冷的海水中。船员们最后又挣扎回到莫里斯岛海岸，然后他们一起到船舱里取暖休息。

船员们摩擦手脚取暖，同时找出一台汽油发电机发电，而弗兰克·马萨基则摇动老式的手摇电话呼叫查塔姆救生艇站。马萨基把这里的情况做了简单介绍，然后得知兰德里号还没有沉没，不过在接近波洛克灯塔船时船里的海水越来越多。另外有两艘海岸警卫队的船只也加入救援，分别是125英尺的莱加号和180英尺的角树号，他们分别从巴泽兹湾和伍兹霍尔出发，距离救援地点大概50英里。海上航行状况非常糟糕，这两艘船最快也要好几个小时才能赶到。得知阿恩·汉森和他的船员们仍然在坚持着，这给了马萨基新的激励，他命令船员接着尝试出海。他们在仓库里找到一些扫帚柄，削短之后用来固定船桨。疲惫不堪且被冻得瑟瑟发抖的船员们拖着麻木的腿，重新开始第三次尝试，下海后没一会儿船桨就断裂，小船再次被掀翻，他们又回到冰冷的海水中。船员们挣扎着回到莫里斯岛，不得不面对他们无法出海救援兰德里号的苦涩事实。而且那一刻，查塔姆救生艇站的船员们首先要保护自己免受狂风怒浪和极寒的侵袭，他们刚才幸亏离海岸较近，不然已经死了三次。

马萨基准备带领船员穿过莫里斯岛和查塔姆之间的海峡回到基地，他们以为那里水会比较浅。海峡里水温高一点儿，但水下暗流涌动，船员们每走一步都要费极大力气。当他们往里走时，海水越来越深，完全超出他们之前的预估。水现在已经漫过韦伯的脖子，到达下巴处。他和梅尔是所有人里最高的，还要负责带着马萨基和巴莱利尼通过海峡。回到基地后马萨基还是拒绝面对营救失败的现实，让船员们沮丧的是，马萨基和时任站长阿尔文·纽科姆正在策划驾驶 36500 号出海营救的新方案。电台里传来兰德里号与波洛克号之间的对话，兰德里号的船长汉森报告说他的船现在距灯塔船只有半英里了，但高涨的海水快把小船吞没了，船员们奋力搏斗也无济于事。波洛克号船长盖伊回复说他的船员已经准备好缆绳，只要兰德里号靠近就扔给他们。但汉森船长担心在这么恶劣的天气里用缆绳牵引兰德里号会直接把它撕裂，然而现实已经别无选择，他只能选择继续朝波洛克号驶去。

现在还有救援兰德里号的希望，让船员短暂休息一会儿，换了一身衣服后马萨基命令他们前往旧港，驾驶 36500 号出海营救。与此同时，兰德里号终于赶到波洛克号所在水域，这是唯一的好消息，接下来就是坏消息了，海上风暴加强，巨浪越来越高。当兰德里号试图抓住从波洛克号上抛出的缆绳时，一股巨浪同时朝两艘船只袭来，进一步重创兰德里号。经过整整一天一夜惊险搏命之后，汉森船长不管是在意志上还是肉体上都已经完全被打败，他告诉波洛克号自己已经不再试图抓住缆绳了，因为这样的天气里根本无法办到。他们把微弱的希望寄托在查塔姆救生艇站派出的救援上——如果他们能及时赶到的话。当盖伊船长向基地通报这一情况时，他只得到一声回答：“哦，天哪！”然后就没有了。仅仅通完话几分钟后，一股巨浪拍过来，直接把波洛克号打得转了个向，当盖伊船长努力在风浪中稳定船只时，他收到兰德里号发出的最后信息。汉森船长通报说发动机舱已经开始进水，现在他们已经绝望了，最后的这股巨浪摧垮了船员们求生的最后希望。“我们现在打算下去做祷告，然后吃点儿东西，死也不能做饿死鬼。再见了，谢谢你们。愿上帝保佑你们。”盖伊将情况反馈回基地，然后看着海浪最后将威廉·兰德里号彻底吞没。几天后兰德里号的残骸被冲上楠塔基特岛海岸，但船上船员的遗体最后都没有找到。

这次悲剧一直让韦伯难以释怀，同样难以释怀的还有接下来发生的恶心事情。海岸警卫队的官老爷们从波士顿怒气冲冲地赶来质询、谴责参与营救行动的人，如果他们能够看到当时马萨基眼里那坚定的眼神和目光，官老爷们就会知道他们已经尝试过所有可能的办法。在 1950 年 4 月 7 日那一天，马萨基身上闪耀着的人性光辉和坚强意志给韦伯留下了深刻印象。

现在，仅仅两年之后，韦伯等人又一次要面对同样的困境和挑战。只是韦伯已经准备好带领他的船员们突破极限，战胜狂暴的大自然了吗？

当他抬头看向前方时，韦伯突然有一种顿悟。他一直坚信上帝让他来到这个世界一定是有目的的,他一直没有忘记弗兰克·马萨基身上的无畏勇气，还有他小时候听到父亲虔诚的祷告。这一刻所有那些场景都融汇起来，赐予他力量与勇气。他想起他逃离高中休学时父亲失望的眼神，伯纳德·韦伯牧师一直希望他的小儿子最后能够献身上帝，现在韦伯相信他在以另外一种方式献身上帝。韦伯日后回忆起那种感觉：“你重获力量与勇气，清楚你的责任是什么。你知道自己必须去救援他们，这是你的工作，更是你的使命。”

当救生艇在海浪中东摇西晃时，韦伯和他的船员一起开始唱歌。他们四个人的歌声组成一曲美妙动听的乐曲，在呼啸的海风中久久飘荡。韦伯想起一首赞美诗，跟他们当下的处境简直一模一样。

万古磐石为我开，
容我藏身在主怀，
愿为主流水和血，
洗我一生诸罪孽。
使我免于主怒责，
使我污浊成清洁。
纵使辛劳直到死，

纵使流泪永不止，

依旧不能赎罪过，

唯有耶稣能救我。

两手空空无代价，

只靠救主十字架。

当我呼吸余一息，

当我临终目垂闭，

当我诞登新世界，

到主座前恭敬拜。

万古磐石为我开，

容我藏身在主怀。

歌声减弱，船上的四个人都陷入沉默中，唯有狂风怒浪的声音呼啸不断。探照灯的灯光照亮了前方的大学和黑暗，安迪瞥了一眼后感觉海浪好像正在从四面八方涌过来。他鼓起勇气来，准备好迎接接下来的挑战。

当他们与沙洲碰撞时，小木船碰上高达 60 英尺的巨浪。船员们感觉他们好像在驾车全速撞向水泥墙面一样，冰冷的海浪把小船抛到空中，就像小孩子玩玩具一样随意。

救生艇重重跌落回海面，随即另一股浪水拍打过来，船员们被浪水冲倒在甲板上，全身都湿漉漉的。船舱前的挡风玻璃已经粉碎，碎片击打在韦伯的脸上。

36500 号此时完全转了个向，船头对准岸边的方向。这个操作动作非常危险，剧烈转向很容易让船沉没，而在这样的天气里落水他们必死无疑，所以他爬起来努力操控船只。他用一只手抚掉脸上的玻璃碴子，另一只手还牢牢固定在舵轮上。由于船舱的挡风玻璃已经碎掉，浪花飞速抛射到韦伯的身上，雪花拍打在他的脸上，几乎睁不开眼。当韦伯努力想要确定方位时，他瞅了一眼罗盘却发现罗盘已经消失不见，刚才的风浪把罗盘扯掉了，而这是他在海上唯一辨别方位的工具，现在他们只能依靠自己海员的直觉来导航。

韦伯闭着眼调整小船的方位，让船尾对着即将袭来的下一股海浪，当海浪拍打在救生艇时，利夫西感觉整个小船都开始倾斜，在那似乎十分漫长的几秒钟里他以为小船马上就要倾覆。

最后救生艇成功逃过一劫，韦伯马上用尽全身力气校正船只，并加速向前前进。过了一会儿又一股浪花拍打过来，这一次救生艇倾斜了有 45 度。

韦伯成功操控小船度过又一次危机。然后突然之间，虽然风浪肆虐，但所有人都突然意识到少了点什么声音——发动机熄火了，而下一波潮水正向他们涌来。

第七章　查塔姆动员

海洋的诗意究竟存在于何方，狂风怒浪在哪儿?

——史洛坎 · 斯洛克姆，1900

好像冥冥之中自有天意，《纽约时报》1952 年 1 月 18 日的头条就有一条关于油轮的报道，只是内容是有关“二战”时期的油轮的，而不是查塔姆海域正在发生的惊险一幕。这篇文章披露了一些要人花了 10 万美元购买和出租油船，最后赚了 280 十万，参议院小组调查委员会即将举行听证会调查其中是否存在腐败和利益输送。这还不是当天最大的新闻，当天的新闻焦点是冷战和世界范围内的政治紧张气氛，以及日益加剧的军备竞赛。头条之外，《纽约时报》的其他报道包括，戴尔 · 卡内基的演讲培训课和一部新电影《非洲皇后》的广告宣传，这部新电影由汉弗莱·博加特和凯瑟琳·赫本主演。整份报纸只在角落里简要提及肆虐新英格兰地区的暴风雪。当天的新闻报道还没有送到，现在只有海岸警卫队和查塔姆当地居民知悉有两艘油轮在海上遇险的消息。

埃德·桑普瑞尼当时刚结束在直播间一天的辛苦工作，他在科德角广播站工作。新闻专线从纽约传来一个大新闻，抢劫犯威利·萨顿在距布鲁克林警察总部几个街区外被捕，结束了警方对他长达五年的追捕行动。萨顿绰号“演员”，因为每次抢劫时他都会精心打扮，穿上精美的衣服。人们都在关注这则新闻，FBI想要从他嘴中获得关于波士顿布林克斯劫案的细节，该案件一直到现在都没有破解。萨顿被捕是大新闻，但还没有现在到处肆虐的暴风雪新闻大。桑普瑞尼一整天都在报道关于学校停课和降雪的情况，晚上回家后又接到同事卢·豪斯打来的电话——他也是《波士顿邮报》的特约记者。“你在吃晚饭吗，别吃了，我刚收到消息，有油轮在查塔姆附近出事了。”桑普瑞尼还没来得及回话，豪斯又接着重音强调，“不是一艘，是两艘！”

豪斯告诉桑普瑞尼他要马上开车去查塔姆救生艇站。“带着我一起吧。”桑普瑞尼说。“那我去接你。”桑普瑞尼挂断电话后又马上打给他的摄影师韦斯·斯蒂德斯通。“带上器材去查塔姆和我碰头，有一个大新闻要报道。”他对韦斯说。

埃德·桑普瑞尼的妻子贝蒂听到他要出去后很担心，她看着窗外，路灯照亮天空中纷纷扬扬的大雪。“你非要在这种天气里出去吗？”她担忧地问。桑普瑞尼疲惫地点点头，穿戴好羊毛大衣和帽子，心里很期待等会儿要去采访的新闻。

桑普瑞尼在宾夕法尼亚州艾伦镇长大，曾在当地周刊报纸短暂工作过，随后在 1940 年成为科德角时报的见习记者。“从满是轧钢厂的艾伦镇来到到处种橘子的科德角，好像来到了一个完全不同的星球。”他说。科德角是夏日海滨度假胜地，不管是上流社会的达官显贵还是普通老百姓都喜欢来这里消暑度假，查塔姆巴尔斯酒店一到夏天房间就供不应求，因为这座海滨酒店视野极佳，从这里可以远眺整个海景。这座酒店始建于 1914 年，曾招待过许多名人，包括：洛克菲勒、摩根索还有福特。在“二战”时期，酒店还招待过流亡的荷兰皇室。

桑普瑞尼没在科德角待多长时间就应征入伍，“二战”时期他在中国、缅甸和印度都待过一段时间，战争结束后退役回到养父母家。之后数年他在科德角和宾夕法尼亚州之间穿梭，在与贝蒂定居科德角之前他曾短暂地在宾夕法尼亚州一家日报社工作过。那时他正在宾夕法尼亚州工作，接到一个在科德角电台工作的朋友打来的电话：“我要搬到加利福尼亚州去了，科德角想建一个广播电台，你之前对这里比较熟悉，也懂新闻，所以如果你对这份工作感兴趣的话可以给他们打电话。”桑普瑞尼考虑一番后打电话过去，从此他的电台生涯正式开始。

卢·豪斯把车停在桑普瑞尼家门前，鸣笛示意。这辆雪佛兰轿车看起来又老又破，似乎只有喇叭跟发动机还是好用的。桑普瑞尼听到召唤后就出门，雪非常大，他跑进来坐到副驾驶座上，把双手放到加热器跟前取暖，但很快就发现加热器坏了。“这趟行程最好真的能弄点儿什么大新闻。”他心里想。随后豪斯发动汽车，在漫天大雪中朝查塔姆驶去。

屋外风雪肆虐，科德角人都待在家里，聚在收音机前听广播，电台里正在播报营救信息。短波收音机还可以实时收听海岸警卫队和营救队员们之间的通话。查塔姆镇的官员们在第一时间就收到消息，当时他们正在开关于镇子年度预算的会议，大家才刚进门把身上的落雪弹下来，两艘油轮遇险的消息就已经送到。镇上的公务必须先暂停。专业的摄影师迪克·凯尔西立马意识到这件新闻的重要性，他立刻赶回家拿起自己的老款相机、二号闪光灯还有几盒底片夹，之后就朝码头赶去。

营救队员回来后肯定又冷又饿，会非常虚弱，所以当局打电话给镇上的服装商，向他们订一批御寒衣物，同时当地的红十字会也开始行动起来。普通人和家庭主妇回家开始动手做饭，希望船员们回来时能吃上一口热饭菜。查塔姆人都是在海边长大，他们知道该做什么来帮助落水船员和海岸警卫队营救人员。

查塔姆从建立时起与海洋的缘分就不可分割，来自英格兰诺福克的纺织工人威廉·尼克森用一条船买下这块土地定居于此。1656年他用一条小船跟莫诺莫伊部落酋长马塔昆斯交换四平方英里的崎岖海岸山地，用来建造自己在这里的家园。为了达成交易，尼克森还格外送给酋长十二把斧子、十二把锄头和十二把刀子。几个世纪以来，莫诺莫伊部落一直跟其他两个部落，瑙塞特和沙奎特斯，分享从巴斯河到普罗温斯顿的下海角土地。莫诺莫伊部落的地盘主要在海角附近，从艾伦港一直延伸到莫诺莫伊以北到奥尔良以东的波切特高地。瑙塞特部落则控制着莫诺莫伊部落以北的地域。马塔昆斯是附近势力最强大的酋长，他允许尼克森可以在这里建房居住。

威廉·尼克森无疑已经从50年前来到这里的另一个白人探险者的经历中学到足够多的经验教训。1606年的12月，法国探险家塞缪尔·德·山普伦成为第一个来到驿港水域的欧洲人。山普伦觉得这个地方物产丰富，非常适宜居住，所以他称此地为财富之港。“在海岸边时我们发现陆地上有人烟，所以我们决定拜访当地的印第安人，”山普伦在船长日志中写道，“这里有许多适宜耕种的土地和丘陵，印第安人在这里种植玉米和其他赖以生存的谷物。这里也适合种植葡萄、坚果树、橡树、柏树和松树。

如果港口水再深一点儿，入口再险峻一点儿，这里非常适合成为定居点和堡垒。”

山普伦所说的地方就是今天的波洛克，在他进港时损坏了船的方向舵的近海沙洲。当莫诺莫伊人看到一艘大船漂浮在近海时，他们划着独木舟来指点山普伦船长如何穿过沙洲在驿港靠岸。正如科德角历史学家沃伦·西尔斯·尼克森所写：“是莫诺莫伊人首先邀请法国人上岸的，允许他们搭帐篷、补充食物并开炉炼钢用来修补损坏的船舵。”山普伦对印第安人的热情好客印象很深并且非常钦慕他们，形容他们“身材非常健美，皮肤呈橄榄油色”。那里的男女都身着羽毛和编织物，他们住在一种圆形的小屋子里，覆盖着厚厚的草和玉米秆。部落里的人在沙丘里挖储藏室，把过冬的食物都放在里面储藏。

双方友好地以物物交换的方式进行了两个月贸易，印第安人拿玉米、豆子和鱼来交换船上的东西。但有一天双方发生摩擦，山普伦的船员向印第安人开火导致双方发生战斗。最后有三名法国人丧命，还有多人受伤，印第安人方面有七人死亡，他们的头皮被山普伦的印第安人向导剥下作为战利品。第二天山普伦船长策划反攻，想要抓印第安人卖掉束当奴隶，可是没有成功。因为莫诺莫伊人反抗十分激烈，最后山普伦船长只能被迫扬帆撤退，继续他的大西洋海岸探险之旅。

莫诺莫伊人此后几十年一直与欧洲殖民者进行着殖民与反殖民的战争，直到威廉·尼克森以温和的方式定居于此。尼克森当时是直接从印第安人手中购买土地，没有经过普利茅斯殖民地当局的批准，此后这一方式引起争议。直到16年后法庭终审判决尼克森要缴纳90英镑的罚金，并出具与莫诺莫伊部落的纸质合同，才能确认他对土地的所有权。现在尼克森已经拥有四千英亩土地，其他的土地归印第安人所有。他当时向法庭申请想要与莫诺莫伊合并成为一个镇，但法院拒绝他的这一请求，理由是当地没有常驻牧师。尼克森把土地分给他的儿子们和其他随后定居于此的移民。这里的土地十分肥沃，不管种什么都能获得丰收。但当地条件比较艰苦，不管什么时候海风都非常大，人们在屋外盖上一层干海带用来防风。为了预防飓风和暴风雪，当地居民都把房顶盖得很低，而且房屋基本坐北朝南，这样可以得到更多热量。1711年小镇迎来第一位常驻牧师休·亚当姆，当时这里总共有20户居民，他们第二次提出合并申请，这次马萨诸塞殖民地的总督约瑟夫·达德利批准了这一请求，但要求这一定居点必须改一个英国名字，所以最后莫诺莫伊就变成了查塔姆，成了英格兰的一个海港小镇。

直到18世纪中期查塔姆主要还是以农业为主，而不是渔业。他们种植烟草、黑麦和小麦，但主要农作物还是跟印第安人一样的玉米。农作物对当时的镇子来说十分宝贵，所以镇子上甚至出台一项规定，每家每户每年都必须上缴 3 只乌鸦或者 12 只画眉，不然就要缴六 6 先令[1]的罚款。但在美国独立战争期间，查塔姆的经济开始从农业向渔业转变，因为连年耕种导致土壤肥力下降，农作物大幅减产，所以查塔姆人开始出海捕鱼，当地渔业资源十分丰富，你只要张开网鱼就会向网里钻。海角外的这片水域很快就会成为世界上第二繁忙的运输航线，排名第一的是英吉利海峡。

出海捕鱼就会面临船只失事的威胁。麻省联邦协会是第一个为失事船只提供救援的组织，他们在人烟稀少的海边建造小木屋，如果船员游到岸边可以到那里休息。第一个救护小木屋于 1807 年建于波士顿港。这一组织此后又在克哈赛特建造了第一个救生艇站，然后又沿着南部海岸一直到科德角建立志愿者救护站。科德角地区的第一个木屋救护站建立在特鲁罗的斯塔特河湾，这里并不适合建造房子，沙地上都没有水草生长，所以不久后的一场大风就把房子的沙子地基吹走了，房子也因此倒塌。

到 1845 年，该协会已经拥有 20 所配备救护船的救护站，散落于整个漫长的麻省海岸线。4 年后，志愿者救护站的志愿者们

[1] 先令：英国旧辅助货币单位。1971 年英国货币改革时被废除。

成功营救失事的富兰克林号上的数十名乘客，这艘移民船从英格兰迪尔始发，本来预计于冬天到达波士顿。结果船只却在快到达美国近海时搁浅，救护站的人派出救生艇数次往来营救乘客，最后还是有十分之一的乘客和数名船员死于1849年早春三月的严寒。这场事故之所以发生，既不是天气的原因也不是船员驾驶不当，而是一场蓄谋已久的阴谋。船上乘客的命运在从英格兰出发时就已注定，人们在冲上岸边的物品里发现船长的旅行袋，里面有一封船只所有人给船长的信件，他让船长在到达美国前把船弄沉，这样就可以得到两倍的保险赔偿。船只所有人事后受到谋杀指控，但没有入狱。

1847年，国会最终通过法案，开始调拨资金在整个美国漫长的海岸线上建设救护站，科德角第一座由政府批准设立的救护站建成又是27年后的事情了。从普罗温斯顿到莫诺莫伊总共设立七座站点，这些两层高的木屋建立在远离高水位线的坚硬地基上，能够有效避免大水的侵袭。木屋都漆成深红色，竖立着60英尺高的旗子，这样可以更容易从海上看到这里。每年8月1日到次年6月1日救护站一直有7名救护人员，其余两个月由救护站看守在这里守护。看守者每年有200美元薪酬，而救护站救援人员每个月的酬金是65美元。救护站的每名正式人员不管救护经验多么丰富，都要在每个季度开始时接受严酷的体能测验。作家道尔顿曾在他 1902 年出版的作品《科德角的生命救护者》中记载过他们每周的生活："周一船员们要负责打扫整理救护站；周二如果天气状况允许的话，船员们会进行在海浪中出海及登陆练习；周三船员们要学习国际通行救援信号；周四船员们要学习操作各种沙滩设备及裤型救生圈；周五船员们学习如何抢救刚落水的昏迷人员；周六是洗衣日，而周日则是传统的祷告时间。"

查塔姆站是科德角的九座始建救生站之一，负责南北 4 英里的日常巡航。该站配有四艘冲浪艇、一艘平底船和两辆沙滩手推车，还有一匹名叫贝比的马，用来托运救生设备。

查塔姆海岸既危险又繁忙，船员们不仅要躲避各种恶劣的自然环境，还要防备人为的险恶。这些人被称为月亮诅咒者，他们先是耍花招让船长失去方向感，随后在沙丘处挥舞灯火诱骗船只搁浅，然后这些沙丘匪徒就会把运输的货物洗劫一空，顺手也会把船员救出来。月亮诅咒者之所以得此雅号，是因为他们诅咒有月光的夜晚，这样他们就无法施展自己的把戏，只有漆黑如墨的夜晚才是他们最喜欢的。亨利·大卫·梭罗曾于 1849—1857 年间数次来往科德角，他对月亮诅咒者很感兴趣。"我们很快就见到一个月亮诅咒者，典型的科德角人，有着一张饱经风霜的脸……他看起来就像一艘船有了生命，严肃得不苟言笑，坚强得永不落泪，镇静得近乎冷漠……他在搜寻失事船只遗骸……寻找木板和船梁，当找到的木头太大无法携带时，他会把它砍成小块或者一路推滚着木头回去。”梭罗写道。

月亮诅咒者清理事后残骸的传统延续了一百多年，到20世纪50年代在查塔姆海岸有时还会发现，过去失事船只的木板残骸随着沙滩的流动而时隐时现。82岁的当地居民沃尔特·埃尔德里奇，搜集了失事的十七艘不同类型船只残骸建造了一座木屋。

现在查塔姆的居民衷心希望并祈祷36500号的船员能够活着回来，不要让36500号成为下一艘被查塔姆浅滩吞噬的船只。

第八章　“他漂浮在水面”

因为每次死亡都让我们更脆弱，所以我们悲伤不已——但我们不是为死亡而悲伤，而是为我们自己。

——林恩·该隐

当查塔姆全镇都动员起来，而伯尼·韦伯等人在查塔姆浅滩艰难跋涉时，东风号正直奔梅塞号而去。黑暗将临，海上险境迭生，但没有一名船员惊慌失措，多年的训练让他们面对任何危险都能临危不惧。

虽然东风号上的人没有陷入恐慌，但气氛还是很紧张。船员们现在已经得知短结号的营救几近失败，莱恩·惠特莫尔很怀疑等他们到达时梅塞号会不会还漂浮在那里。从早晨8点坐到无线电室之后他就一直没挪过窝，压力和疲惫随着时间的推移而增加。

但就在这样紧张的时刻偶尔也有欢乐的事情发生，当时船长正在电报房想要与梅塞号取得联系，突然一只鸽子从信号传送器后面大摇大摆地走出来，在目瞪口呆的船长面前懒散地拍打翅膀。莱恩当时十分羞愧，因为这是他的鸽子，之前船在纽约停泊时莱恩发现这只受伤的鸽子，他偷偷地带鸽子上船，想要治好后再放生。船长抬头打量一遍在舱室里的众人，但没有一个人吭声。莱恩等着船长开口斥责是谁带鸽子上船的，但出乎他的意料，船长什么都没说，只是低下头继续跟梅塞号联系，莱恩悄悄松了一口气。

莱恩不知道梅塞号上的船员都是如何撑下来的，他知道梅塞号上的船员已经得知海岸警卫队收到了他们的求救信号在组织救援，但这离解脱还有非常遥远的距离。仅仅在几个星期前，1952年1月的一天，宾夕法尼亚号的船员刚刚吞下这枚苦涩的果实，这艘1944年建造的货船载重量达7600吨，一天早晨船员们醒来后发现他们已经身处跟今天梅塞号、彭德尔顿号同样恶劣的暴风雪天气中。最后45英尺高的海浪扑向宾夕法尼亚号，造成船体开裂，最终沉没。早晨6时45分，宾夕法尼亚州号的船长乔治向海岸警卫队发消息，船的左舷有一条长达14英尺的裂缝，发动机舱已经开始进水。甲板上停放着给陆军运输的卡车，此时也挣脱固定装置，撞击在护栏上。此后乔治第二次向海岸警卫队通报说自己正掉头向西雅图方向驶去，随后又传来最新消息，说船的驾驶出现问题，由于船舱进水过多，船开始倾斜。现在宾夕法尼亚号面临真正的险境。

宾夕法尼亚号在水面漂浮了一天一夜。船员们祈祷船能够再坚持一天，撑到海岸警卫队赶来救援。晚上 10 点左右的时候船只无法坚持下去，乔治船长告诉基地说船员们在放救生艇，这就是宾夕法尼亚号的最后信息。

我们永远都无法得知通报完消息后宾夕法尼亚号到底经历了什么。海岸警卫队船只和海军飞机舰艇，随后赶到宾夕法尼亚号最后出事的地点并搜寻了好几天，但却一无所获，没有发现船员的身影，而且宾夕法尼亚号也消失不见。最后只找到一艘翻掉的救生艇。海岸警卫队随后推测：“由于海风、巨浪、船体破裂和进水等多重因素交织，宾夕法尼亚号在船员们还没来得及放救生艇之前就已沉没，船员们没来得及弃船逃生。”如果这种猜测属实，那么宾夕法尼亚号可能在船员们放救生艇时突然沉没，将船员们抛入风浪肆虐的海洋中。如果早那么几分钟他们说不定就能逃离死亡。

海岸警卫队随后正式的调查报告的结论是：“恶劣的天气加上船体进水导致方向舵失灵，无法在这么险恶的环境里自如操作，宾夕法尼亚州号最后沉没。”

虽然海岸警卫所列的那些条件最终都会导致沉船，但如果船体一开始没有开裂的话，后面那些事情就根本不会发生。船体脆弱的金属一开始就注定了宾夕法尼亚号的悲剧。在许多方面，宾夕法尼亚号的悲剧跟梅塞号和彭德尔顿号是一样的，宾夕法尼亚号是“二战”时期为了向前线运送物资而粗制滥造出来的自由轮。稳定的船队后勤供给是赢得战争胜利的关键，特别是在战争初期，德国海军潜艇的狼群战术给美国海上运输造成极大威胁，因此，像 T2 型油轮这种自由轮被以最快的速度造出来。其船体都是使用劣质钢材焊接而不是铆接的，一遇到恶劣天气就很容易开裂。

宾夕法尼亚号的事故注定会发生，只要一次海上风暴就会彻底引发灾难，就像现在彭德尔顿号和梅塞号的遭遇。

下午 6 点 30 分左右，由缅因州雅茅斯人纳布驾驶的亚库塔特号救生艇抵达梅塞号船首所在水域。除了海浪、狂风和大雪之外，阻碍纳布救援的最大障碍是黑暗。头顶上从纽约布鲁克林机场赶来救援的飞机扔下燃烧弹为人们营救提供一点儿照明。

纳布船长让人把绳子扔到油轮上，但海风太大总是把绳子吹落到海中。亚库塔特号船员吉尔伯特·E. 卡迈克尔曾回忆扔绳子时有多冷：“当时我们努力想把绳子扔到梅塞号上，都没注意到头上的帽子被吹落了，后来我感觉头顶上有什么东西就用手摸了一下，然后发现头顶上已经结了一大块冰，拽下来的时候还拽下一大撮头发，不过当时太冷了都没有感觉。”

绳子无法扔到船上，纳布船长冒险地把船开到离梅塞号很近的距离，等船靠得越来越近时，纳布船长才感到梅塞号在巨浪中晃动得很厉害，如果再往前开的话两艘船很可能会撞在一起。所以最后纳布船长将船停靠在周围，希望等风浪小一点儿的时候再展开营救。所以在接下来的 5 个半小时里，亚库塔特号一直守在梅塞号船首周围，警惕任何突发情况。

亚库塔特号成功赶到事发水域展开营救时，下午由楠塔基特岛出发的另一艘由拉尔夫·奥姆斯比驾驶的救生艇就没有这么幸运了。一开始的 4 个小时里奥姆斯比和船员阿尔弗雷德·罗伊、唐纳德·皮茨还有约翰·邓恩一直在劈风斩浪朝梅塞号的方向驶去，但中途又被指派去救援刚发现遇险的彭德尔顿号。“当时海上大雪纷飞，风浪滔天，什么都看不清。”

夜幕降临后给他们的指令又改变了，这次变成保证安全第一，可能基地的官员们也开始意识到让这么小的一艘船在这么恶劣的天气里长时间出海很容易遇险。奥姆斯比开着救生艇朝波洛克灯塔船开去，这艘灯塔船一直停泊在这里当作浮动灯塔使用。他现在穿行在东海岸最危险的水域中——这就是楠塔基特岛和科德角之间的浮动沙洲。这里是海难高发地带，激流涌动的海浪和夹杂着泥沙的潮涌，即使在风和日丽的天气里都暗含杀机。现在海上巨浪滔天，奥姆斯比的小船就像浮萍一样漂来漂去。如果救生艇在此时侧翻的话，全船人顷刻之间就会丧命，甚至都赶不到灯塔船的人来救援。

最后奥姆斯比有如神助般地顺利通过杀机四伏的沙洲水域朝灯塔船开去。阿尔弗雷德·罗伊站在船前面想要把“猴拳”扔到灯塔船上，这是一种在一端系有一块重物的绳子，用来固定船只。正当罗伊准备扔绳子的时候，救生艇被一股海浪击中，罗伊整个人直接飞到空中，脸直接撞在船的木板上。奥姆斯比努力控制住颠簸的小船，罗伊重重跌在船上，脸上被撞出一条大口子。但他一点儿没在意，抓起绳子又开始朝灯塔船扔去，这次船上的人抓住绳子，牢牢系在桅杆上。然后救生艇上的人都顺着绳子爬到灯塔船上，罗伊脸上的伤口得到简单治疗。

当天由唐纳德·班斯驾驶的第二艘 36 英尺救生艇也遇到同样的困难，他们出海没五分钟的船差点儿被掀翻。当时他们沿着莫诺莫伊海岸前进，一个巨浪打过来他们的船差点儿被掀翻。唐纳德·班斯当时觉得如果顺着海浪的话他们很可能被抛到半空，然后船头朝下一头扎进海洋里，所有人都会完蛋。当时情况万分紧急，班斯当机立断全力加速，驾驶小船朝海浪直冲过去。当他们冲过去的时候，先是整个被抛到空中，然后自由落体回到水面。

狂风怒浪让班斯寸步难行，但他有一样可以战胜这些自然灾害的东西，那就是经验。虽然他出生于波士顿以北三英里的陆上小镇萨默维尔，但很早的时候就搬到波士顿南岸的斯基尤特。在斯基尤特时他一直在海边玩耍，并且决心以后像父亲一样加入海岸警卫队。高中毕业后的1936年，他加入海岸警卫队，直到“二战”爆发仍在服役。“二战”时海岸警卫队归海军调拨，唐纳德·班斯在海军一艘小油轮上工作，从本土运油到南太平洋的军舰上。在那里他经历过两场台风，见过超出人类想象的海上巨浪。

现在身处2月的暴风雪中，班斯不仅要努力拯救失事船只上的人，还要确保自己的小船不会在狂风怒浪中沉没。他现在的任务不仅危险重重，而且十分莫名其妙。他和船员一开始是为营救梅塞号出海，但等他们到达波洛克号船上时船员告诉他要掉头朝查塔姆方向去，雷达发现那里有两个不明物体。当时灯塔船的船员不知道那是彭德尔顿号的船体，还以为是梅塞号漂到那个地方。班斯听后十分愤怒，他觉得查塔姆救生艇站的工作十分失败。

班斯是个沉默寡言、脾气很好的男人，但即使他这样的好脾气，在花费数小时在狂风怒浪中航行之后，却被告知走错了地方，他也会爆发怒火。唐纳德·班斯船上的船员跟奥姆斯比船上的一样都被恶劣的自然天气折磨得十分痛苦。班斯船上的驾驶舱内没有加热器，不断溅到船上的浪花和海浪让船员的衣服一直都是湿漉漉的。雪花和雨夹雪仍然不断飘落，冻得船员们的耳朵、手指和脚趾都已经麻木。船员们鞋子里都是海水，小船在海上十分颠簸，让他们连脱鞋这个动作都无法完成。在这天寒地冻、风浪肆虐的天气里，他们只有身上穿的夹克可以御寒，而夹克现在早已湿漉漉的。

在海上航行时，有一个船员大声喊道：“我们能成功吗？”当时专心致志应对下一波巨浪的班斯不假思索地喊道：“天知道！我也从来没见过这么危险的天气。”

在返回查塔姆的路上班斯获知雷达上发现的物体不是梅塞号而是彭德尔顿号，而且有一半船体现在漂浮到班斯和灯塔船附近的位置。时近黑夜，唐纳德·班斯把船速放慢，害怕救生艇如果速度过快的话，会在黑夜里跟彭德尔顿号撞在一起而丧命。

没过一会儿他就发现了彭德尔顿号的船首奇怪地漂浮在海面上，船体直立朝天。船上的表面建筑还有舰桥都已经被海浪冲走。

班斯注意到船上的天线随意地浮在海面上，他不敢过于靠近，害怕螺旋桨会被缠住。班斯缓慢绕船体转圈，想要看看有无船上的人发出灯火信号。他发出短促的鸣笛，希望看到有人能出现在甲板上。最后他把船停在彭德尔顿号的下风口方向，跟船员静静倾听失事船员是否发出呼救声。但海面上除了风的呼啸声外别无其他声音。看起来船员已经弃船逃生。

船员哪儿去了，班斯心想。他们被海浪冲进大海了吗？他们登上救生艇逃生了吗？海面上没有一点儿蛛丝马迹可寻。彭德尔顿号的船首就像幽灵船一样在汹涌洋面上漂浮着，随时都有沉没的可能。

最后快冻僵的唐纳德·班斯开着船朝查塔姆方向驶去，希望帮助定位彭德尔顿号船尾的位置。他们走到一半的时候电台呼叫他们，麦卡洛克号船长在呼叫器里喊道。他居然在彭德尔顿号的船尾上。

今晚班斯第三次掉转船头，全速在狂风怒浪中朝回开。这一次他靠得离船体很近，甚至他们都能看清甲板上的东西，这次他们才看清船的右舷舰桥上孤零零地站着一个人。

“我们看见舰桥上站着一个人，他对我们喊着什么，但是海上风浪太大根本听不清。我们靠得更近一点儿发现他是站在舰桥边缘的，风浪已经让船倾斜得很厉害，我们想扔根绳子给他却失败了。然后我们看到那个人不知道是失足跌落海中的还是自己主动跳下去的，反正他掉进了大海，离我们不远，正当我们准备过去把他捞起来时，那天晚上最大的一股海浪拍打在我们的船身上。”

等我们把船稳定好后，船长用探照灯扫射波涛汹涌的海面，发现那个人在几英尺外，面部朝下一动不动地漂浮着，在一阵海水涌来后就此消失不见。大海最终将他吞没，他的抗争也就此结束。班斯和船员那一晚都在继续搜寻那个人，但他们没有找到他，四个被冻得都快麻木的人最终花费了 21 个小时，在汹涌的海面搜寻幸存者。

包括船长约翰·菲茨杰拉德在内，彭德尔顿号船首上的七个人就此消失不见，他们既没出现在船上，也没有发出任何信号或灯火。大概在班斯历经千难万险赶来救援之前，他们就已经跌进海水中了。

在梅塞号船首上佩策尔船长和剩余船员变得越来越绝望，船首的前部缓慢翘起，而船首的尾部正逐渐下沉，他和船员们就困在尾部的海图室里，马上就要沉入水中。但他们手中没有任何器材可以通知亚库塔特号船上发生的事情，在午夜时分，海图室已经开始进水，他们最终决定离开海图室到船首的水手舱中，他们希望在那里一方面躲避海水，一方面能找到通信救援设备。这样做的第一个困难首先是要怎么从海图室到甲板上去，现在甲板上海浪肆虐，加上一层厚厚的积雪，非常危险。而从海图室到甲板的门却靠得离海面太近，从舷窗往下跳的话又太高。最后船员们想出一个办法，把信号旗编织成了绳子，大家顺着信号旗绳子成功下到甲板上，随后又穿过危险的步行道往水手舱走去。

船体现在倾斜得更厉害，海浪也不断冲击甲板，先前给莱恩发消息的电报员约翰·奥雷利一不小心脚下滑了一下后，跌落海中消失不见。其他八人平安到达水手舱，佩策尔船长在船出事时只来得及穿上拖鞋，现在他是赤着脚走过来的。

纳布船长在亚库塔特号上看到梅塞号甲板上发生的一切，他知道现在被困船员已经到走投无路的绝境了，随时可能做出绝望的举动来。所以他决定继续开展营救，他把救生艇开到船的上风向，然后把几个救生筏子扎在一起放在水中，顺着风向朝梅塞号漂过去，并且用探照灯不断照着救生筏子，向被困船员示意。

在梅塞号上，人们看到救生筏子朝他们漂过来。现在他们面临生死抉择，这种感觉实在太糟糕了。在接下来几分钟里每个人都要做出决定，究竟是跳下去还是留守在船上，而这一念之差可能就是生死之别。没人能给他们指导，也没人能给他们保证，因为没人知道接下来会发生什么。待在船上就面临船体随时会沉没的危险，他们会被裹挟葬身海洋。但从船上跳下去活着的概率也微乎其微，他们跳下去后面临的凶险和不确定因素更多。运气好的话他们可以趁海浪过来前游到救生艇上，但运气不好的话他们会直接被风浪吞没，就此丧命。

三名船员觉得救生筏子是他们最后的逃生机会，所以他们一个接一个翻过护栏跳下去，但不幸的是他们三个都没有跳到筏子上，人在冰冷的海水里几乎无法游泳，很快他们就被巨浪埋没，从人们视线中消失不见。

然后梅塞号上的另一名船员杰罗姆·希金斯看到亚库塔特号

离他们的船非常近，所以他决定抓住这一难得的机遇，纵身跳下去朝救生艇游过去。然而一股海浪过来让他的所有努力都成空，一眨眼他就从人们眼中消失。纳布船长不想让梅塞号上被困船员再无谓送死，把船开走。他知道在黑夜中展开营救跟让船员送死无异，只有等待天明才是最好时机。

纳布船长后来回忆说，看着船员们跳海然后被海浪卷走是他一生中的噩梦。

现在梅塞号上只剩下四个人了，分别是船长佩策尔，出纳爱德华·E. 特纳，三副文森特·顾尔丹还有大副维拉德·福纳。他们聚在一起互相取暖，不敢相信眨眼间几条生命就这样葬身于茫茫大海。

船上剩余四人长期待在风雪中，现在都面临低体温及冻伤的问题。其他三个人一边祈祷一面为佩策尔船长摩擦手脚取暖。风浪冲击着船体，让他们摇摇欲坠但却无处可逃，他们已经看到刚才跳海的人的结局。而纳布船长也同样一筹莫展。“除了等到天亮外我也无能为力，只能在心里默默祈祷船体能撑到天亮。”

第九章　万念俱灰的人们

只有鼓起勇气勇敢地驶向大海，你才能深切感受到那种迷失于茫茫大海的无边恐惧。

——拉里·克斯登

此时，彭德尔顿船尾上的船员已经在海上漂泊了将近 14 个小时。船上的食物、水和取暖还算充足，但人们心中的希望却所剩无几。营救梅塞号的工作全力展开，而彭德尔顿号的船员却听不到无线电中有任何关于自己险情的消息。轮机长雷蒙德·赛伯特现在成了船长，心中惶惶不安。他深知自己肩上责任重大，也越来越担心自己和几名船员能否死里逃生。赛伯特航行的足迹遍布七大洋，但现在他却不知道自己置身的是哪片水域，面对的是哪块大陆。他抑制住自己的恐惧，努力保持镇静，下令掉转方向，把摇摇欲坠的防水板对准巨浪，尽量让摇摇欲坠的船体朝海岸的方向漂去。趁着船还有电，船员安上了24小时汽笛，但汽笛连续不断地响了12个小时也没有收到任何回应。

船员一起经历了这些磨难，心靠得更近了。但同时，强烈的不安写在每个人的脸上。华莱士·奎厄里多希望《圣经》还在自己身上。他的耳边回响起母亲温柔的话语："带着它，它会保护你。"不只有奎厄里祈求上帝开恩，把他们从这人间地狱解救出去。来自缅因州波特兰的韦珀·弗雷德·布朗是个非常现实的人，现在也开始祈祷上帝赶快来救他们。他站在剧烈摇晃的船尾，望着黄昏。天色越来越暗，分不清哪里是水，哪里是天。海浪肆虐，如钢珠般打在身上。布朗觉得，没有人能穿过这翻滚的狂涛巨浪前来营救他们。渔民出身的他曾在卡斯科湾遭遇狂风恶浪，风浪大得差点儿把船掀翻。他没想到自己还会目睹大海又一次发怒。此刻，他心里清楚，所有的希望都已破灭。布朗不想在甲板上等死，他回到舱内，躺在相对舒适的铺位上，向家人作别，默默等待死神来临。

像兰德里号的船员一样，彭德尔顿号的船员与暴风雨搏斗后已经筋疲力尽。弗雷德·布朗不得不接受现实：一个巨浪袭来，他们都将殒命于海上。事实上，彭德尔顿号船体开裂时，船员已经开始承受巨大的心理压力。高压之下，人体内储备的糖、脂肪等养分释放出来，以快速补充能量。大家的心跳加速、血压升高，更多的血液流向肌肉。此外，感官更加灵敏也是高压下人体的生理反应。船员对声音更加敏感，听见自己的呼吸声都觉得异常尖锐。心理医生称这种反应为“防御状态”，它能帮助普通人应对潜在危险。然而，长时间保持这种高警备状态是不可能的。压力得不到释放，焦虑无法发泄，势必让人意志消沉，筋疲力尽。彭德尔顿号的船员现在就面临这样的情况。

其中一位船员乔治“迷你”（蒂尼）迈尔斯还有信心——至少表面看起来如此。他一天大部分时间都在发射信号弹，好让岸上的人看清船尾的位置。蒂尼·迈尔斯来自宾夕法尼亚州阿韦拉，一座煤矿小镇，距匹兹堡不到半小时车程。他是个加油工，还兼职做厨师，觉得自己烧的菜香气扑鼻。他有三百多英磅重，大家都亲切地叫他“迷你”。他性情随和，人缘好，有位船员甚至说过，“迷你”迈尔斯是“世界上最好的人”。说这话的是23岁的密歇根卡拉马祖人罗洛·肯尼森。一整天，他都看着自己的胖伙伴给大家加油打气。现在，他看见蒂尼·迈尔斯举起信号枪发射，信号弹在漆黑的夜幕中飞旋。迈尔斯接着又发射了一枚，然后把枪递给肯尼森。“拿着，孩子，”他笑着说，“我们会上岸的，到时候，这枪就是这次航行的纪念品。”

18岁的查尔斯·布里奇斯照常走出船舱，来到甲板上。他多希望一艘救援船正他们驶来。这时，一个浪头打来，险些要了他的命。“浪花飞溅，一到夹板上就冻成了冰。一波巨浪涌起，拍在船上，我跌倒在地，顺着甲板往下滑，怎么都停不下来。唯一的办法就是抓住栏杆。抓不住，浪头肯定会将我冲下甲板，冲到海里。谢天谢地，我抓住了。如果当时我向前滑，我会从船体裂开的位置落入海中。”

布里奇斯回忆，自己会和伙伴们围在住舱甲板的便携收音机旁，收听海岸警卫队的通信消息。“一整天，所有的消息都是关于梅塞号的，只字未提彭德尔顿号。所以，我们心里清楚，没人知道我们遇险了。我们希望海警能通过雷达接收到我们的信号，但时间一分一秒地过去，我知道，等他们接收到信号，我们早已葬身大海。”

布里奇斯说，下午 3 点左右他的情绪最为低落。“当时，我们撞上一片暗礁，船停止移动。每次有浪头打过来，船就挪动一点儿。不一会儿，船快要坚持不住了。有人提议放下救生艇。大家激烈地争论着，是留在船上，还是弃船逃生。我说：‘如果你们认为我会上救生艇，那你们一定是疯了。只要船还在，我就待在船上。’我知道，跳上救生艇，我们可能还没离开，海浪就会将我们拍在船上，让我们粉身碎骨。即使我们乘救生艇离开了，我们又能去哪儿呢？岸在哪儿？没有人知道岸在哪儿，岸上有没有冲澡的地方。就算甲板一直在倾斜，也没人放下过救生艇。”

弗兰克·福特垂头丧气地说：“我们已经等了一整天，等着有人来救我们，现在大家都觉得希望越来越渺茫了。”雷蒙德·赛伯特也说：“我们船尾上的这几个人都不会开船，就算我们会，现在也束手无策。”

周一的晚报报道了海上救援的最新进展以及岸上的受灾情况。现在，大家都知道这场暴风雪的威力有多大了。《波士顿环球报》头版文章称，由于积雪路面交通事故频发，或除雪时突发心脏病，暴风雪已造成新英格兰地区 15 人死亡。第一场暴风雪袭来时，一千多辆汽车就困在了缅因高速公路上。州警察局组织起两批救援力量，希望尽快解救被困司机，以免他们冻死在严寒之中。一批救援力量由一辆大型推土机打头，在缅因高速公路上从波特兰方向向南行进。另一批救援力量乘由波士顿开往缅因的列车，从新罕布什尔州的多佛出发，向北朝缅因州的斯卡伯勒行进，中间绕过第一批公路救援力量所在的地区。

暴风雪也让国家气象局大惊失色。星期天，他们预测天气情况是小雪。星期二，《波士顿环球报》刊文，题为“怎么回事？小雪下得这么大”。文章称，三股低压由新泽西海岸袭来，在向东北偏东方向行进过程中，势力不断增强。然而，真正让气象部门吃惊的是，这三股低压走到楠塔基特岛就停住了，暴风雪在岛上横行肆虐。

仅缅因州中部，积雪就有两英尺深。《波士顿环球报》报道："缅因州三个镇上有 2000 人被困。"称因积雪过深，拉姆福德州、安多弗州和墨西哥州与外界失去联系。食物和燃料即将耗罄，"除雪工人数量已增至两倍，但仍需大批志愿者前去支援，大家动用手头所有能用的工具，努力从 10 到 12 英尺的积雪中突出重围。"

报纸再次发文时，陆上的死亡人数已攀升至两倍多。《波士顿环球报》报道称："新英格兰遭遇数年来最严重的暴风雪，几近崩溃。一股强东北风袭击该地区，造成数百万美元的损失，至少 33 人死亡。"除去陆上及海上两艘油轮上的伤亡，另有两名捕龙虾的渔夫丧命，他们 30 英尺长的捕虾船在缅因海岸附近倾覆。陆上、海上，暴风雪冰冷的死亡之手掳去了许多无辜人的生命。

有不幸者，当然也有幸运者。暴风雪过后三天，在缅因州的巴尔港，警察将长杆插入雪堆中，寻找一辆滑下公路的汽车。警察局长霍华德·麦克法兰搜索到 3 号公路旁一处很厚的雪堆时，忽然听到积雪深处隐约传来呼喊声。他用手刨开严严实实的雪堆，看到身下露出一辆汽车的轮廓。他继续刨，驾驶门完全露出。《波士顿先锋报》说，接着，20 岁的乔治·德莱尼从驾驶室走了出来，"他冻得关节僵硬，不停眨眼，但看起来整个人的状况还不错。"德莱尼被埋在雪堆底下整整两天。他的车从路上滑下，落入一个水沟里，等待救援的过程中，他睡着了。醒来时，他发现整个车身已被厚厚的积雪覆盖，车门当然也打不开了。“我没受什么苦，”这个幸运儿说，“在底下我还能呼吸。”

科德角人通过短波收音机收听营救彭德尔顿号和梅塞号的消息。《波士顿环球报》报道说：“对科德角人来说，昨晚，海上营救行动中的动人故事变成了活生生的现实。窗外寒风怒吼，他们坐在暖和的屋里，通过短波收音机收听波洛克海峡营救中的英雄故事。没有解说员串场，没有广告打扰，只有让人揪心的消息不断传来，告诉人们海警正冒着生命危险，在广阔的大海上实施营救。”

此时此刻，分别由唐纳德·H. 班斯、拉尔夫·L. 奥姆斯比和伯纳德·C. 韦伯率领的三艘小型摩托救生艇上的船员正处于完全不同的境遇之中。他们好像来到了另一个星球：这个星球上，狂风不止，海浪滔天，他们驾驶小船，稍有不慎，就会葬身于凶险的大海。

第十章　一个都不能少

没人能控制它。大海像一匹脱缰的野马，肆无忌惮地咆哮，撕扯，要把整个地球颠覆。

——赫尔曼·梅尔维尔

发动机很快就熄火了。不赶快重新发动救生艇，韦伯和兄弟们都将没命。这小艇哪儿都结实，只有一个毛病：行进中颠簸得太厉害了，发动机就熄火。安迪·菲茨杰拉德小心翼翼地从船首爬到舵手舱前的发动机室。船体在冰冷的海面上剧烈晃动，他紧紧抓住栏杆。从窄道过去可能容易一点儿，但却没什么东西可以抓。他低头看了一眼海面，不知道自己掉进水里能坚持多久。“一定坚持不了多久，所以千万不能掉下去。”这么一想，他抓得更紧了。

安迪爬到终点，钻进狭小的发动机室，身上臃肿潮湿的衣服让他在里面更加转不开身。这时，一个猛浪拍在船上，安迪·菲茨杰拉德像个布娃娃一样飞向空中，然后落下，在发动机室里来回翻滚。突然，他碰到了炽热的发动机，尖叫起来。强忍着烧伤和擦伤的剧痛，他拉下启动杆，等待汽油在发动机里重新沸腾。就在这辆 90 马力的摩托救生艇重新启动时，韦伯发现海面有了一些变化。海浪更加凶猛，他们走得也越来越远。伯尼·韦伯知道自己和兄弟们已经战胜困难，越过了查塔姆浅滩。

然而，真正的噩梦才刚刚开始。韦伯知道他们在浅滩外，却不清楚具体的位置。他踩了一脚油门儿，迎着暴风雪继续向前开。要是能看到波洛克海峡灯塔就好了，他心想。“快让我看到灯塔吧，朝着灯塔开，至少我们能知道自己在哪儿。”韦伯在回忆录中写道。没有指南针，无线电广播也没了信号，四个人孤立无援，必须独自面对狂风巨浪。

六七十英尺高的海浪上下翻滚，好似巨人在舞蹈。几个人的感官变得异常灵敏。船开到浪尖，他们听到狂风刺耳的咆哮；扎进深谷，他们又觉四周一片死寂。刺骨的海水将衣服浸湿，但大量肾上腺激素分泌，让他们并不觉得寒冷。哪怕船冲进海槽，冰冷的浪花打在脸上，韦伯依然握紧方向盘，不让小艇侧翻。几个人都蹲着，防止被浪头击倒。韦伯抓着方向盘，利夫西、安迪和马斯克死死握住栏杆，他们心里清楚，一旦被抛出船，自己就会消失得无影无踪。三名船员深知，他们走得越来越远了，也都默默祈祷韦伯驾驶的方向是对的。

暴风雪愈加猛烈，狂风卷起巨大漩涡。韦伯只能让救生艇像过山车一样，咆哮着在海浪上翻滚。行驶到一片宽阔地带，发动机开始空转。救生艇开到泛着泡沫的浪尖，几个救生员迎着风浪努力站稳。韦伯加大油门儿，好冲过海浪，救生艇飞速沿浪尾下滑时，他又收紧油门儿。船开得太快了，韦伯赶紧刹车。他知道，如果不快点减速，船会冲入海中，自己和几个兄弟都将瞬间葬身大海。此时，利夫西、菲茨和马斯克团在舵手舱一侧，牢牢抓住栏杆。所以，韦伯有足够的空间操纵救生艇。他没穿救生衣，因为穿上很不方便驾驶。救生衣的确像坦克一样结实耐用，但也很不好摆弄，十分妨碍驾驶。雪片和海水不断涌向胸膛，现在韦伯多希望自己穿了救生衣，只用来抵挡寒冷也好。

几个救生员继续前行，穿过一个又一个腾涌的巨浪。韦伯注视漆黑的夜幕，寻找着希望。他担心他们已经开过波洛克海峡灯塔，朝海里越走越远了。他又试了一下无线电设备，呼叫灯塔，没人应答，联系查塔姆救援站，也没人理会。韦伯放下设备，看看身边已经筋疲力尽的兄弟，个个眼里闪着绝望。他们没有一个是“懒人”，也没有谁爱说大话，但现在他们却要面对难以战胜的挑战。还有好几个小时天才亮，继续在这暴虐残酷的海上漂泊下去，几个人怕是都撑不到第二天了。

和彭德尔顿号船尾的人们一样，此时，CG36500 号上的船员也在祈祷今晚不是自己在地球上的最后一晚。虽然韦伯不愿承认，但他其实也越来越绝望。他又想起家里病床上的妻子。谁会去告诉她丈夫再也不会回来了？他努力让自己不去想这些，专心应付眼前暴怒的大海。

突然，透过破碎的挡风玻璃，韦伯看到一个神秘的黑影冲出海浪。他感觉自己的心提到了嗓子眼儿，急忙给救生艇减速，喊道：“安迪！快去船头打开探照灯。”安迪·菲茨杰拉德小心翼翼地爬到救生艇前部机舱，按了一下探照灯开关。一道微弱的灯光射出，照亮了前方的庞然大物。物体距救生艇只有五十英尺远，要是刚刚韦伯再往前开一点儿，肯定会撞上它。那是一艘深色的钢制船，船内没有一点儿生命迹象。“天哪，我们来晚了，”韦伯心想，“现在它成了一艘幽灵船。”

雷蒙德·赛伯特尽量控制自己不去想最坏的结果。他和另外 32 名船员坐在彭德尔顿号船尾，不知所措。现在，他们只能一边与暴风雪做斗争，一边等待有人来救他们。船员们已经望了整整一天，但一个人影儿都没看见。茫茫大海上，波涛汹涌，除了这艘断裂船上的船员，别处似乎再无他人。轮机长也在担心约翰·J.

菲茨杰拉德船长和船首上的其他人。他们得救了吗？还是也在遭受这狂风怒雪的折磨？这时，值班的船员发现翻滚的巨浪中有一点儿亮光，离他们越来越近。

弗兰克·福特和查尔斯·布里奇斯也看到了亮光。“那简直是世界上最耀眼的亮光，”福特回忆说，“那一点儿亮光突然浮现在翻滚的巨浪中。没有人欢呼。我们只是看着它，像着了迷一样。”

布里奇斯回忆，当时周围一片漆黑，那亮光看起来还没有针眼大，我出神地看着它在广阔的海面上时隐时现，一点点向我们靠近。

安迪将探照灯举高，把钢制船的四周照亮，韦伯让救生艇靠近轮船，好看得清楚一点儿。光线投在船表面上方，照亮了它的名字——彭德尔顿号。这艘巨轮看起来坚不可摧，怎么会从中间裂开？韦伯一边想一边掉转救生艇方向，来到船尾左侧。围在高高甲板四周的栏杆扭曲变形，很显然，无论是这艘巨轮，还是巨轮上的船员，都经历了重重磨难。韦伯意识到，几个兄弟冒生命危险跟着自己前来救援，而救援却失败了，一股愧疚之情油然而生。这次行动毫无意义。“彭德尔顿号的船员已经遇难，”他心想，“而现在，我的兄弟们能否活着回去也成了问题。”

救生艇上的其他人也都睁大了眼睛打量失事轮船的遗骸，一片诡秘的寂静笼罩海上。韦伯和船员们来到曾与船首相连处的漏洞，忽然，他们听见一阵嘎吱声。他们朝船舱内部望去，看到客厢破碎不堪，钢梁悬在半空中，来回摇荡。破损的轮船突然从海面上径直升起，掀起瀑布般的巨浪，紧接着又重重落入水中，发出一声轰响。韦伯掉转救生艇方向，沿着船体绕了一圈。这时，他们又发现了更令人吃惊的事情。甲板上，一排灯光闪烁——破损的船尾竟然还有电！灯光中，他们看到一个微小的身影！有人在朝他们拼命挥手！

他们的冒险是值得的！

但这个人怎么从高耸的甲板上下来呢？直接跳下来，很可能落入水中，瞬间被巨浪吞噬。

就在韦伯他们思考如何实施救援时，甲板上的人突然消失了。“他去哪儿了？”韦伯纳闷儿。不一会儿，那个人又出现了，旁边又多了三个人，接着又来了四五个人。人越来越多，不到一分钟，三十几个身着橙色救生衣的幸存者沿着栏杆站成一排。他们都朝下盯着小小的救生艇，在狂风巨浪中努力站稳。

弗雷德·布朗和蒂尼·迈尔斯肩并肩站在栏杆旁。迈尔斯从裤兜里掏出钱包，转身对布朗说：“拿去，我是用不上了。”弗雷德·布朗吓了一跳，但很快明白了迈尔斯的意思，答道：“咱们运气都会很好的。”布朗接过钱包，塞进迈尔斯裤子后面的口袋里。

望着甲板上朦朦胧胧的人影，韦伯一阵欣喜，他没想到还有这么多船员生还。但很快欣喜变成担忧，他意识到，救生艇只有36英尺，要装下这么多人是不可能的。强烈的责任感排山倒海般直压过来。“怎么救他们？救不了这些船员，将是多么让人痛心的悲剧。”

事实上，韦伯打算让救生艇上的人都到破裂的船尾上去。尽管彭德尔顿号已是千疮百孔，但看起来还是比摇摇摆摆的CG36500号小救生艇安全。韦伯还没来得及把这个想法告诉兄弟们，他就看到一架“雅各布梯（带有木质横杆的绳梯）”沿彭德尔顿号表面放下来。紧接着，受困船员顺着梯子快速爬下来。

随着一声巨响，第一个下来的人跳进救生艇前部。彭德尔顿号在海中颠簸，绳梯来回摇摆，十分危险。剩下的人紧紧抓住梯子。船朝反方向晃动时，他们就会被拍在船体上，阵阵尖叫和着狂风的嘶吼久久回荡在海面上。韦伯向前开了开，让救生艇正好在梯子下方，这样生还者可以顺利跳进救生艇，不致落入冰冷的海水中。海浪不停翻滚，每个人都跳进救生艇是项不可能完成的任务。一些船员瞄准救生艇向下跳，没想到迎接他们的竟是刺骨的波涛。CG36500救生艇表面配有安全绳。落水船员想办法浮出水面，拼命地抓着这些绳子。

安迪·菲茨杰拉德、欧文·马斯克和理查德·利夫西抓住浑身湿透的落水者，将他们拉上救生艇。三个人行动迅速，生怕落水船员被海浪淹没。整个过程中，韦伯一直紧握方向盘，确保救生艇平稳，尽量让跳下的人落在小艇上。他们一到艇上，安迪、马斯克和利夫西就把他们带到前舱内。前舱十分狭小，很快就人满为患。载重不断加大，救生艇下沉得也越来越厉害。作为船长，韦伯必须做出生死抉择。停止救援，带着安全跳入小艇的人回去？还是孤注一掷赌一把？韦伯决定不放弃任何一个人："我们同生死，共进退。"

救援接近尾声时，彭德尔顿号突然剧烈晃动。救援队继续把生还者拉上小艇，哪里有地方就把他们塞进哪里。现在，发动机室装满了人，驾驶舱也是拥挤不堪。韦伯努力为自己开辟出活动空间，继续从轮船上接人。他必须小心驾驶，确保万无一失：否则巨浪袭来，冲卷着救生艇撞上失事船只，他们所有人都将葬身大海。

包括驾驶员在内，救生艇应载12人，但现在艇上已经有35人。甲板上只剩两名船员：一名是现在船尾的船长雷蒙德·赛伯特，他要最后一个下船，另一名是蒂尼·迈尔斯。强壮的迈尔斯沿梯子慢慢向下爬，安迪用探照灯给他照亮。迈尔斯上身赤裸，他的衣服都拿去给其他人御寒了。巨浪翻腾得更加凶猛，韦伯越来越难平稳地驾驶。他心想："再坚持一下，我们就能离开这个鬼地方了。"

蒂尼·迈尔斯爬到一半，忽然从梯子上滑下，落入海中。但过了几秒钟，他就浮出海面，救援人员拼命把他往小艇里拉。"这边！"安迪大喊。迈尔斯漂到救生艇内侧，紧紧抓住安全绳。理查德·利夫西向前探出身子，去抓迈尔斯的手。这个动作险些要了利夫西的命。迈尔斯抓得太用力，几乎要把利夫西拉下水。马斯克和安迪冲过去，一个抓住腿，一个抓住腰，把利夫西往船上拽。他们还是没能将迈尔斯拉上船，一股巨浪袭来，他被瞬间吞噬，消失不见。眼看着朋友葬身大海，救生艇上的幸存者都被恐惧的阴霾笼罩。韦伯掉头驶离彭德尔顿号，救生艇转了个圈。安迪用探照灯照亮汹涌的波涛，大家终于在黑暗中发现了迈尔斯。

由于角度问题，救生艇螺旋桨有三个叶片伸出了水面。风浪越来越大，韦伯知道要救迈尔斯，必须抓紧时间。他掉转方向，一点点朝迈尔斯驶去。这时，他感觉救生艇尾部高高抬起。一个巨浪将救生艇举起，重重摔向彭德尔顿号。救生艇一下失控，冲向迈尔斯。韦伯能看见迈尔斯痛苦的神情。马斯克探出身子，再次抓住迈尔斯。但也就是一秒钟的工夫，一阵震耳欲聋的撞击声响起，迈尔斯遭救生艇尾部碾压后，身体又撞向彭德尔顿号。

第十一章　36英尺的小艇上有36人

无论是快是慢，死亡终将来临。

——沃尔特·斯科特爵士

救生艇颠簸前进，韦伯竭尽全力不让它撞到蒂尼·迈尔斯。他甚至尝试倒着开，结果又让发动机熄了火。欧文·马斯克是最后抓住迈尔斯的，他也为此付出了代价。他的双手在撞击中擦破，血流喷涌而出。去救迈尔斯已经不可能了，韦伯尽量让自己忘掉这个念头。他把救生艇开回绳梯下，去救船上最后一个人，雷蒙德·赛伯特。

安迪·菲茨杰拉德又爬到发动机室，想重新发动救生艇。就在小艇再次启动时，又一个巨浪翻卷而来，把安迪重重摔到发动机顶部。韦伯听到身后的火花塞打火，接着是朋友的尖叫声。他正向发动机室里放一名船员，安迪·菲茨杰拉德突然从里面出来。安迪感觉自己后背红肿，但还好并无大碍。现在，韦伯和兄弟们成功越过查塔姆浅滩，战胜重重艰难险阻将彭德尔顿号船尾的船员营救了下来，但这还远不是庆祝的时候，因为返程之路仍然是重重险阻。

韦伯、利夫西、安迪和马斯克驾驶超载小船，举步维艰。他们不知道，1902 年，一场类似的救援行动就在自己所处的地方展开。那年 3 月 11 日，寒风凛冽，拖船斯维普·斯雷克号拉着沃迪纳号和菲茨帕特里克号两艘驳船撞上一处浅滩。莫诺莫伊岛救生艇站的救生员冒着暴风雨行动，成功将驳船上的 10 名船员安全解救出来。

一两天之后天气放晴，“失事现场清理人”来到浅滩附近，在新拖船的帮助下开始给两艘驳船卸货，好让没有负重的驳船能自由航行。这项工作进行缓慢，到3月16日仍未结束，但潮水上涨，海上开始下起雨来。拖船把大部分工作人员安全送到避风港。沃迪纳号上，包括船主 W.S. 麦克在内的五人没能离开，只能直面风雨，另一艘驳船菲茨帕特里克号距沃迪纳号稍远，船上也有三名船员。

第二天早上，莫诺莫伊岛救生艇站站长马歇尔·埃尔德里奇得知这些人还在驳船上。海上风浪越来越大，埃尔德里奇十分担心船上人员的安危。他在暴风雨中艰难跋涉 3 英里，到达莫诺莫伊岛一端的瞭望点，察看驳船的情况。透过大雨，他看到让人揪心的一幕。沃迪纳号悬挂的旗帜倒置，发出呼救信号。

埃尔德里奇奔向南边的哨塔，拨通了救生员塞思·埃利斯的电话，告诉他迅速集结船员，驾驶救生艇沿莫诺莫伊岛侧滩到沙嘴顶端，自己会在那里等他们。埃利斯和其他六名船员立刻登上救生艇。沿海岛背风面行驶。六名船员中，有五名已经结婚生子。

塞思·埃利斯一眼就看到了站在海岸线上的马歇尔·埃尔德里奇。埃尔德里奇身高 6 英尺，体重 220 英磅。他是条硬汉，整个秋天，甚至一直到 12 月都赤脚在沙滩上走。

救生艇朝埃尔德里奇开去，他也下水朝救生艇方向走，从尾部登上救生艇。现在人齐了，大家一起拉桨向前划。接近沃迪纳号时，救生艇掉转方向，沿着下风侧靠近船尾。驳船上的五个人度过了一个可怕的夜晚。风浪不停冲击，驳船一次次撞向浅滩，似乎马上就要撞裂。救援人员终于来了，几个人都迫不及待地想离开驳船。他们立即放下一条绳子，顺着绳子往下爬。有个场景与彭德尔顿号救援时的情况出奇相似，身材魁梧的船长奥尔森没抓牢，从绳子上滑下来，掉进救生艇，把一个座椅砸成碎片。与蒂尼·迈尔斯不同，奥尔森滚到了救生艇底层。但现在两个桨手都没有椅子坐了，救生艇前进的动力不足。

就在马歇尔·埃尔德里奇他们让救生艇驶离驳船时，一个浪头扑来，救生艇里满是海水。刚从驳船上下来的五个人惊慌失措，以为救生艇要翻了。他们站起来，抓住桨手，不让桨手操纵救生艇。埃尔德里奇呵斥他们保持镇静。可那几个人根本不听他的，继续死死抓住桨手，场面一片混乱。又一个浪头袭来，把救生艇掀翻，13 个人全部落入水中。他们抓住倾翻的小艇，冰冷的海水不断冲刷船体。

由于衣服本就厚重，现在又浸满了水，他们很难抓住救生艇，接二连三被海水冲走，消失在翻滚的巨浪中。不到几分钟，就只剩下阿瑟·罗杰斯和塞思·埃利斯还抓着救生艇。不一会儿，罗杰斯也开始往下滑，他的手冻得僵硬，根本抓不住水下救生艇的扶手。埃利斯为他加油打气，但他已经精疲力竭，喘着气说："我不行了。"大海像吞噬其他十一个人一样吞噬了他。

现在只有塞思·埃利斯紧紧抓住救生艇的龙骨。小艇漂到稍平静的水面，他赶紧脱下靴子和外套，减轻重量。救生艇的活动船板突然松动，这又是个好机会，埃利斯可以抓得更牢了。

菲茨帕特里克号上的三个人没看见救生艇前去营救沃迪纳号。但埃尔默·梅奥刚走上甲板就发现了倾翻的救生艇和抓着救生艇的埃利斯。梅奥是勇敢的查塔姆救生艇站成员，他决定冒险去救埃利斯。菲茨帕特里克号上有一只 12 英尺长的小船，梅奥让船上其他两人帮他把小船放进水里。其中一个人想阻止埃尔默·梅奥，冲他大喊：“先生，你的小船会被巨浪掀翻的！”梅奥没听他劝，小船刚一下水，他就跳了进去。两天前，这艘小船刚被不大的浪掀翻，两只桨都掉了。新安的船桨比之前的短，与小船不配。但梅奥并不在意，毅然出发，向塞思·埃利斯划去。

埃尔默·梅奥努力寻找倾翻的救生艇，但一个浪头掀起，把小船冲得老高，浪花夹杂着雨水模糊了他的视线，他什么都看不清。他竭尽全力调整方向，让小船尾部回到水里。几分钟后，他看见埃利斯仍紧紧抓住救生艇。梅奥换了个方向，使出全身力气朝埃利斯划去。

水中的塞思·埃利斯意志力惊人，使出最后一点儿力气松开救生艇，抓住小船。在埃尔默·梅奥的帮助下，他越过船舷，翻进船舱。“我当时一点儿力气都没有，”埃利斯回忆，“连话都说不出来。”他甚至都想不起来，梅奥是怎么穿过惊涛骇浪，把小船划回岸边的。

海上风浪滔天，梅奥知道回到驳船不可能了。他发现离他们最近的陆地是莫诺莫伊岛。15 英尺高的浪花冲刷沙滩，泛起层层泡沫，发出声声咆哮。这时，梅奥看到远处有人沿着海岸向他们跑来。

这个人是弗朗西斯科·布洛默，也是查塔姆救生艇站的救生员。梅奥等着布洛默跑到小船正对面，也等着下个浪头来时趁势把小船划向岸。现在时机到了。浪花将小船顶起的一瞬间，梅奥使劲儿划桨，小船越过浪花，冲向岸边。海浪翻滚，海水涌进小船，差点儿把它掀翻。布洛默走进水中，去拉小船。在他的帮助下，梅奥将船划上岸。然后他们把埃利斯送回莫诺莫伊站。

《美国救生报告》记载了埃尔默·梅奥和塞思·埃利斯的英勇事迹：梅奥船长冒着生命危险去执行这一人道主义使命时，有人警告他这是不可能完成的任务。但他完成了。他的大义之举传到国外，人们都认为他的举动无尚崇高，闪烁着人性的光芒。财政部长授予梅奥船长金牌救援奖章，表彰他的光辉事迹。这一奖章只奖励那些不顾个人安危，冒着在海上牺牲的风险解救他人的英雄。救生员埃利斯也因恪尽职守、勇敢无畏和舍己为人升任救生艇站管理员。

后来，埃利斯说驳船上几个人和七名救生人员殒命海上的悲剧本可以避免。“如果从驳船上下来的五个人能保持冷静听指挥，我们都能安全上岸。”

伯尼·韦伯听说过沃迪纳号的故事。他心里清楚，拥挤的救生艇现在正面临相同的挑战。海上此时伸手不见五指，又没有指南针指引方向，韦伯根本不知道他们在哪儿。更糟糕的是，另外几艘救援船在哪儿，他也不知道。但有一点他可以肯定，那就是他们的救生艇一定不在查塔姆附近，而在莫诺莫伊岛南部某个区域。“不想我们在哪里了，慢慢向前走，我们会到达楠塔基特岛，最后进入科德角潜水海域。”韦伯这样安慰自己。他把自己的想法告诉了船上其他人。

他还命令大家：“要是船突然触岸不走了，什么都别问，抓紧时间下船，帮助受伤的兄弟下船，一定要尽快下去！”

韦伯知道，如果他能让船首尽可能靠近海岸，同时不让发动机停火，就能争取到一些宝贵的时间，让兄弟们安全上岸。”救生艇上的幸存者非常理解他的想法。“艇长，我们听你的！”有人大声喊。接着彭德尔顿号船员一起高声欢呼。

不过，艇上还是有人十分忧虑。理查德·利夫西回忆说：“我们又掉进海里时，我感觉糟透了。”有人站在破碎的挡风玻璃前面的井型甲板上死死压住他的胳膊。他们又掉进了无边无际的大海中，没有了彭德尔顿号船尾的庇护。狂风巨浪狠狠拍在拥挤的甲板上，人实在太多了，把 CG36500 号救生艇压得往水里沉。每次风浪袭来，小艇上的人都屏住呼吸，任冰冷的海水裹挟。“什么时候能结束？”利夫西问自己。他们仿佛要一直这样在海上漂泊。“什么时候是个头啊？”利夫西问自己。他们难道要一直这样在海上漂泊下去？救生艇沉得越来越深，好像变成了一艘潜艇。利夫西心想，要是它再不往上浮一点儿，我就要淹死在救生艇里了。

韦伯又试了试无线电设备，这次竟然联系上了查塔姆救生艇站。收到韦伯的消息，救生艇站的博斯·丹尼尔·克拉夫更是感到惊讶。韦伯告诉克拉夫他们从彭德尔顿号船尾解救出了 32 个人，虽然没有导航工具判断方向，他们仍尽力往回走。有位救援艇艇长打进来，让韦伯掉头朝他们的方向驶去。尽管设备嘎嘎作响，韦伯还是听见许多人发来消息，给他出主意，帮他完成已经看似不可能的救援。但韦伯他们已经下定决心要往海岸的方向航行。韦伯放下设备，继续专注战胜面前的挑战。他与暴怒的大海作战时，小艇里一片安静。

CG36500 号救生艇继续向前航行，海面开始发生变化。风浪逐渐变小，威力也慢慢减弱。救生艇现在航行至较浅的水域，但前面还有查塔姆浅滩，所以也不是一点儿危险没有。韦伯正思忖着要往哪个方向航行，忽然看到远处闪烁的红光。是航标？还是美国无线电广播公司电塔发出的航空警报？他揉了揉被海盐浸渍的双眼。那红光好像一会儿飘到了头顶，一会儿又潜到船底。他们离红光越来越近，韦伯让救生艇前面的人重新打开探照灯。红光不停闪烁，一点点向他们靠近。救生艇上的人很快发现那光是通往奥尔德港的查塔姆浅滩的航标发出的。韦伯看看闪着的红光，然后探头凝望布满风雪的天空。他知道，是上帝，在带领他们回家。

第十二章　喧嚣的查塔姆

信仰是深埋于内心的理念，无须验证。

——卡里·纪伯伦

CG36500 号救生艇正往回航行，要把救生员和 32 名彭德尔顿号幸存者送到查塔姆码头。要到达码头，他们还要越过查塔姆浅滩，这个几小时前他们险些丧命的地方。救生艇现在可以在海中平稳航行了。它离浅滩越来越近，小艇上的人听见海浪好像没有之前那么汹涌了，在探照灯的微光下，他们看见浪花真得小多了。

韦伯轻轻踩了踩刹车，伸出头向海里望了望——他们已经越过浅滩了。他通过无线电联系查塔姆救生艇站，告诉话务员他们的位置。得知 CG36500 号真的回到了奥尔德港，话务员吃了一惊。他立即通知其他海警船：

CG36500号载有彭德尔顿号船尾的32名幸存者。除一人落水下落不明外，其余幸存者均获救，目前尚未发现其他人员失踪。彭德尔顿号船首应还有六人……

话务员接着发出一连串指示，告诉韦伯如何驶入港口。韦伯不需要任何指示。他在回忆录中写道：“我多次进出奥尔德港，对它十分熟悉。我知道哪里有浅滩，哪里需要拐弯，根本不需要听广播里的人唠叨。”

查塔姆镇的居民始终在焦急地等待有关救援的消息。得知救援行动顺利完成，他们欢呼雀跃，相互拥抱，喜极而泣，纷纷前往码头迎接救援艇，码头上一时掌声雷动。

CG36500号救援艇上的人也都热泪盈眶。韦伯听见，先前被塞进发动机室的人们哭出了声。虽然已经风平浪静，这些幸存者仍躲在机舱里，要到达港口时才能出来。

码头上人头攒动，人们争先恐后地想要看看这艘不大却十分结实的救援艇。摄影师迪克·凯尔西举起快速成像照相机，准备拍下将会永载科德角历史的画面。小艇缓缓驶入，摩擦着木制桥塔，凯尔西按下快门，这艘饱经风雨的小艇在胶片上定格。接着，他看到小艇里一张张惊恐却写满感激的脸庞，他们透过破碎的挡风玻璃和舷窗向外张望。

伯尼·韦伯看见码头上有男女老少一百多人，都是查塔姆当地居民。他们要伸手抓住救援艇外壁才能站稳。赖德的孩子们紧紧靠在爸爸身旁；大卫是查塔姆有经验的捕鱼人，知道韦伯是位多么称职的海岸警卫队队员。但就连他那晚也没对韦伯和另外几位的援救抱希望。“大家都觉得救援人员不会成功，”赖德回忆说，“不能否认伯尼十分可靠，也很有经验，但那么大的暴风雪，我们都没见过。”像那晚聚在码头的大部分人一样，赖德看见小艇顺利返回时，简直不敢相信自己的眼睛。“救援艇吃水很深，看见那么多人从里面走出来，我惊讶极了。”

CG36500 号一停稳，码头上的人就开始把疲惫不堪的幸存者从救援艇上转移下来。救援艇沉得太深，每下去一个人，理查德·利夫西就觉得船向上升了一点儿。伯尼·韦伯已经筋疲力尽，站在救援艇尾部，胳膊搭在驾驶员座舱上，前臂撑着脑袋。

漂泊海上的恐惧不安，兄弟们的勇敢无畏，几小时前的一幕幕不断在他的脑海中浮现。韦伯想起了蒂尼·迈尔斯，想起他临死前充满渴望的眼神；想起了船上 32 名幸存者；想起了米里亚姆，想着要怎样回到她身边。他那疲惫的手指开始颤抖，接着整个身体都抖动起来。韦伯放声哭泣，感谢上帝终于带他们回家了。迪克·凯尔西默默地望着韦伯，知道他此时片刻的独处正说明了他们每个人经历的磨难。“过了很久他才下去，”凯尔西后来说，“所有人都下去了，他还站在那儿发呆。韦伯太了不起了！”

现在，几辆汽车载满幸存者，开往查塔姆救生艇站。34 岁的乔·尼克森开着福特轿车运送两人。“我拉着一位又高又大的黑人，”尼克森回忆，“他告诉我船裂成两半时，他正在船首，顺着裂缝爬到船尾才捡回了性命。要不然，他早和船首一起给巨浪冲走了。”然而，彭德尔顿号幸存者始终不肯接受船长和另外 7 名船员“失踪”的事实，他们坚信自己的兄弟们还活着。

这些幸存者很快就被送到了救生艇站，当地的内科医生卡罗尔·基恩在那里等他们。他马上看出很多人都受到了惊吓。“刚进救生艇站，我拉的一个人就晕倒了，”乔·尼克森说，“然后像多米诺骨牌一样，他们一个接一个倒下，最后一共有 8 个人躺在地上，昏迷不醒。”卡罗尔·基恩医生、勒罗伊·安德森医生和红十字卫生站的其他成员立即对这些人实施抢救。查塔姆大街普丽制衣店老板本·苏富奥脖子上挂着一条卷尺，忙着帮剩下的幸存者试穿新衣。联合卫理公会教堂教士史蒂夫·史密斯也在现场为幸存者祷告。看见教士，华莱士·奎厄里心里好受了一些。他走过去对教士说，自己混乱中在船上把《圣经》弄丢了。史密斯教士点点头，把自己手中的《圣经》送给他。

约翰·斯特洛是伯尼·韦伯的朋友，也是邻居。他给韦伯家打电话，告诉还在病床上的米里亚姆韦伯回来的好消息。他告诉米里亚姆韦伯成了英雄，给她讲了事情的来龙去脉。

中央俄亥俄州基督教广播协会的记者埃德·桑普瑞尼驱车经由积雪覆盖的28号公路到达救生艇站。从海恩尼斯到查塔姆21英里的艰难跋涉，暴风雪一刻也不曾停歇。一到救生艇站，他就遇见了工程师韦斯·斯蒂德斯通。幸存者进入救生艇站时，二人接通了采访设备。桑普瑞尼知道他必须抓紧时间尽快完成采访，然后开车回到雅茅斯广播站开始直播。他几乎采访了每位幸存者，当时这些人正用咖啡和面包圈暖身子，个个面容疲惫。“他们说话都不太清楚了，”桑普瑞尼回忆，“我觉得自己采访的都是南方人。”这位经验丰富的记者当时还在学听科德角人讲话，而幸存者的口音完全把他搞糊涂了。“一位路易斯安那州的幸存者问我他的家人可不可以听见他讲话。”埃德·桑普瑞尼解释说，采访录音稍后通过共同新闻网在全国播放。那晚，他采访的每个人都讲述着伯尼·韦伯和其他几个救生员的英勇事迹。“他们说，这个救援是个奇迹。”桑普瑞尼微笑着说。

韦伯走上楼，回到自己在救生艇站的铺位。在猛烈的暴风雪中，与滔天巨浪战斗了数小时后，韦伯感觉身体还在摇动。他弯腰脱下套靴，然后给米里亚姆打了个电话：“我很好，明天再给你打。”“一杯热饮，再来个面包圈，感觉应该不错。”这样想着，他下楼来到餐厅。安迪、利夫西和马斯克也在餐厅。四人点头示意，一切尽在不言中。不过，他们还要和博斯·丹尼尔·克拉夫说话。克拉夫祝贺他们成功完成救援任务，也坦言自己认为他们没有一个人能活着回来。桑普瑞尼一直在找韦伯，最后终于在韦伯出餐厅时发现了他。埃德·桑普瑞尼早就听说了韦伯的事迹，知道他是本次救援中最大的英雄。韦伯回答了几个问题，尽量把事情描述清楚。喝完咖啡，吃完库什曼做的面包圈，他现在只想睡一觉。他回到铺位一头躺下。韦尼现在安全了，他渐渐进入梦乡，可心里还在挂念那些仍在海上与暴风雪战斗的人们。

第十三章　梅塞号船开始倾覆

对于海上讨生活的人来说海水就像葡萄酒一样美味。

——赫尔曼·梅尔维尔

查塔姆镇上的人们欢庆彭德尔顿号船尾32名船员成功获救时，梅塞号船首依然在海上漂泊。幸存者聚在一起相互取暖。他们亲眼看见几个兄弟跳下船，葬身大海。现在，一片漆黑之中，他们只能盼着天快点亮，旁边的亚库塔特号能在船倾覆前把他们接下去。

亚库塔特号船长纳布彻夜未眠，一直盯着梅塞号这艘巨大的黑色轮船，祈祷天亮前它不会倾覆。所以，看见从东方透出第一丝晨曦时，船长着实松了一口气。暴风雪逐渐减弱，虽然狂风还在咆哮，但海面已经平静了许多，浪高由五六十英尺减小到四十英尺。纳布开始思考接下来怎么办。昨晚发生的悲剧让他不愿再放更多的救生筏。他担心，一旦幸存者掉进冰冷刺骨的海水中，将无法游泳或爬上救生筏。他知道，解救落水者唯一的方法就是让救生员在水中等待他们。他做出了一个生死攸关的决定——放下 26 英尺的救生艇，上面载有五名救生员。这其实是一场赌博，现在纳布不仅担心梅塞号幸存者的安危，也害怕自己的兄弟一去不返。

船长还担心，梅塞号船首的人看见救生艇朝他们驶去，就立即跳下来。他举起喇叭，冲船上的幸存者喊话，告诉他们一艘救生艇已经派出，但救生员发出信号前，千万不要着急跳下来。船长还说，信号发出后，他们要跳到救生艇附近海域，然后救生员会把他们拉上去。纳布心里清楚，如果救援失败，他会饱受指责，也会永远因这些人的死而心神不宁。但看着随时都可能倾覆的梅塞号，他知道自己已经没有时间思前想后。

放下的救生艇因前部加高，能抵御莫诺莫伊的巨浪，得名“莫诺莫伊破浪艇”。但即使这样，这艘木制救生艇似乎依然无法承受亚库塔特周围 43 英尺高的海浪。一旦救生艇倾覆，掉入海中的救生员只能保持 10 分钟的意识清醒，10 分钟后，冰冷的海水就会把他们冻僵。

新泽西朗分站的威廉·基利少尉担任救生艇的艇长，和他一起前去执行危险救援任务的还有吉尔伯特·E. 卡迈克尔、保罗·R. 布莱克、爱德华·A. 梅森和韦伯斯特·G. 特威利格。任务刚开始最危险：救生艇要尽快远离亚库塔特，以免巨浪袭击，将其淹没。

卡迈克尔还记得，当时他和几个兄弟小心翼翼地登上救生艇，接应船上的人递给他们模块、索具和绞盘。“海上情况十分恶劣，狂风将救生艇吹离接应船紧接着又突然把它拍向船尾。我们都没反应过来，但我想救生艇木制的一面应该是拍坏了。在水中，我完完全全地意识到，和无边的大海相比，我们的小艇多么微不足道，我也开始怀疑自己能否活着回去。”

四名海岸警卫队员驾驶救生艇，穿过惊涛骇浪，小心翼翼地在巨型钢制船梅塞号旁边停下，不敢靠得太近。

梅塞号上，幸存者争论着谁要第一个跳下去。弗雷德里克·C. 佩策尔船长说他要留到最后，船员们觉得他的脚情况堪忧，体温又一直在下降，十分虚弱，应该第一个跳下去。他们虽然都不清楚小小的救生艇能否乘得下所有人，也不知道跳下去后救生员能否把自己从水中救上来，但还是觉得必须抓住这个机会：继续留在船上，船一旦倾覆的话那么一切就都结束了。船员们告诉佩策尔，要是他不第一个跳下去，他们会把他扔下去。

梅塞号上的幸存者——弗雷德里克·佩策尔、爱德华·特纳、文森特·顾尔丹、维拉德·福纳（法雷尔）——来到起伏颠簸的甲板，凝视在巨浪中摇摆不定的救生艇。甲板距水面太高了，跳下去掉进波谷，大约60英尺高，要是恰好掉进波峰，就只有20英尺高。

威廉·基利少尉抬头望着佩策尔船长，示意他往下跳。佩策尔勉强同意第一个跳，现在他一定在想往下跳是不是去送死。翻滚的巨浪之中，救生艇小得就像只玩具船。

佩策尔等了一会儿，有波峰向上涌起时，跳了下去。他掉进距救生艇几英尺的水域，刚开始完全沉入了水底，后来救生衣带着他漂上了水面。海水冻彻骨髓，他感觉快要窒息了，疼痛瞬间漫布全身。只在这夺命的海水中待了几秒，他的双臂已经虚弱无力逐渐麻木。几秒钟后，佩策尔看见救生艇艰难地掉转方向，朝他驶来。

威廉·基利和兄弟们竭尽全力，让倾斜的救生艇尽量靠近佩策尔，又要保证不会撞到他。佩策尔落水已经一分钟了，海水一直往他嘴里涌。他距救生艇一臂距离时，一名救生员抓住他的救生衣将他拉向救生艇。浸满海水的救生衣让他的重量翻了一倍，三名救生员使出全身力气才把他拉进救生艇。

这时，基利驾驶救生艇，尽力远离梅塞号。佩策尔安全到达小艇后，他掉头回到梅塞号下面，准备解救另外三名幸存者。第二个往下跳的是乘务长爱德华·特纳。他站在倾斜的甲板上，等待基利发出信号。特纳刚刚目睹救援人员解救船长的整个过程，现在希望他们能顺利把他拉进救生艇。他低头望着渺小的莫诺莫伊式破浪艇，一定好奇救生员是如何驾驶它在狂风巨浪中航行的。

基利示意他往下跳，特纳纵身一跃，尽量在波浪涌起时跳在波峰，同时远离船体。特纳刚掉进水里，一个浪头涌起，把救生艇推向半空，又一个浪头袭来，小艇向特纳倾斜。机会转瞬即逝，救生员果断行动，在小艇扫过特纳旁边时一把抓住他。就在他们努力将特纳拉上救生艇时，小艇猛地撞上了梅塞号船体。

巨大的震动差点儿把救生员从小艇上摇下去，但他们还是紧紧抓住特纳，把他拉了上来。不过，救生艇却出了问题。木质一侧破碎不堪，海水瀑布般越过船舷涌进艇舱。大量海水，再加上佩策尔和特纳两个人的重量，把救生艇压得很低，基利已经不能很好地控制它。

救生艇在下沉！

基利知道，他必须放弃救援，否则艇上的六个人的性命全都不保。纳布船长也意识到了这一点，用喇叭喊话，要求威廉·基利返航。年轻的少尉眼里满含泪水，想到要弃梅塞号上的幸存者于不顾，他愧疚难当，但还是掉转方向，朝亚库塔特号行驶。救生艇穿过层层巨浪，慢慢向安全地带靠近。

“我感觉小艇就要翻了，”吉尔·卡迈克尔说，“我们沉得很低，海水还不断从四周和缝隙往里涌。两位幸存者趴在救生艇底部，但实际上是在翻滚的海水中。”

救生艇回到亚库塔特号旁边，钩子从船上放下来，钩住艇首和艇尾。“我们顺利钩住了艇首，但当我转身想抓住晃动的钩子，去钩艇尾时，钩子撞在我的头上，差点儿把我撞晕。最后我们还是想办法钩住了艇尾，救生艇被拉到了亚库塔特号甲板上。刚到甲板上我就昏了过去，醒来时已经躺在自己的铺位上。”

梅塞号船首，顾尔丹和法雷尔站在甲板上，看见救生艇安全回到亚库塔特号上，心里舒了一口气。但他们心里清楚自己已经错过了最佳获救时机。残破的救生艇不能再用了，纳布船长也不能冒险派出另一艘救生艇和相应救援人员。两位幸存者担心，脚下摇摇欲坠的巨轮将是自己的棺材。但他们除了等待无能为力。

上午 10 点左右，亚库塔特号上的无线电报务员给马萨诸塞州马什菲尔德海警通讯中心发送了消息，内容如下：

两位幸存者，弗雷德里克 · C. 佩策尔（船长）

和爱德华 · E. 特纳（乘务长）成功获救。

天气持续恶化，用救生艇施救已不可行。

能否用信号绳或橡皮筏营救另外两人？

纳布船长看到风比前一天小了一点儿，又开始思考要不要派出救生筏。他觉得引缆可以顺利抛向梅塞号船首。具体的做法是把救生筏拴在一条引缆一端，再用另一条引缆连接救生筏另一端和亚库塔特号。如果顺利，剩下的两名幸存者可以拉住引缆一端，把救生筏拉向自己，这样就能保证引缆一端固定在轮船上，救生筏也能保持在合适的救援位置。但接下来要怎么做大家意见不一。

一种做法是，一名幸存者从船上跳下来，游到救生筏附近。他一上救生艇，剩下一人就解开固定在船上的引缆，把它系到自己腰间。然后他也跳下船，接着第一个人可以把他拉上救生筏。另一种做法是，两名幸存者同时顺引缆滑进救生筏，安全到达后，他们用折刀将自己与轮船之间的引缆割断。不管用哪一种方法，亚库塔特号上的救援人员都能在低温夺取两名幸存者生命之前，快速拉住另一条引缆，把他们拉向亚库塔特号。

这一计划要想成功，首先要把连接亚库塔特号和梅塞号的引缆射断——前一个晚上尝试失败的办法。然后纳布船长要把亚库塔特号开到离梅塞号足够近的地方，以免引缆长度不够。但因为梅塞号始终剧烈摇摆颠簸，他又不敢离得太近。

纳布船长把亚库塔特号开到梅塞号的逆风方向，尽量向它靠近，然后用扩音器朝船上的幸存者喊道：“注意接住信号绳——我们会把救生筏拴在绳子上！”

此时梅塞号船首凸出，与海面成45度角，前端完全伸出水面，残破的后部却整个沉入水底。顾尔丹和法雷尔必须牢牢抓住外侧的栏杆才不会从倾斜的甲板上滑下去，掉进海中。此时，翻腾的巨浪正拍打着轮船断裂处的缺口。

纳布船长调整好亚库塔特号的位置，让它对准梅塞号左舷。接应船上的人静静看着射手韦恩·希金斯举起枪，准备射断引缆。引缆枪是一部改装的斯普林菲尔德步枪，弹药量足够射出子弹。枪膛中装的是18英寸钢珠制成的子弹。

“我在船首的最前端，”韦恩·希金斯回忆，“我担心自己会滑下去，我抓不住栏杆，因为双手都要举着步枪。我知道我们必须立即把引缆射断，残缺的船体随时都有可能彻底沉没。我开了枪，反作用力大极了，我左手从枪上滑落，食指被划破，不过射得还比较准。”

第一发子弹射出后，引缆弯向空中，差不多位于顾尔丹和法雷尔的正上方。纳布示意幸存者开始拉引缆，另一边救生筏也从接应船上扔向海中。

救生筏靠近梅塞号船首时，法雷尔和顾尔丹抓住引缆一端，要爬过栏杆时他们犹豫了一下，鼓足全部勇气才离开了轮船。他们中的一个人——已经不知道是谁——顺着引缆滑到水里。他掉进距救生筏50码（1码合91.44厘米）的水域，用手在刺骨的海水中划行。但他刚想爬上救生筏时，救生筏却倾覆了。接着，另一个人，可能想要营救他的伙伴，没有解开拴在梅塞号上的引缆，而是顺着引缆滑进了水中。

亚库塔特号船员想要去救水中的两个人，但根本帮不上忙，只好眼睁睁地看着法雷尔和顾尔丹在翻腾的海水中挣扎，竭力想在四肢冻僵前抓住救生筏。有那么一瞬间，眼看海水就要吞没二人，他们还是顽强抵抗，想要抓住救生筏，从右侧翻进去，但最终却掉落船底。

两个人要想生还非常困难。第二个人跳下来之前没有剪断引缆，而现在两个人都冻僵了，根本打不开折刀去割引缆。要将救生筏拉向接应船是不可能了。

通讯员比尔·布利克利通过船桥的窗户目睹了这一切，担心前一天晚上的场景再次发生——幸存者就从他的眼前消失了。布利克利依然记得，他们从船上跳下来，瞬间被刺骨的海水吞噬，其中一人还没落水就重重地撞在了船体上。

纳布船长站在布利克利旁边，说："现在我该怎么办？现在后退，如果救生筏和接应船之间的引缆断了，我们的救援救就失败了。"他说的"后退"，意思是倒船。"如果救生筏和梅塞号之间的引缆断了，我们就救了他们。"

"船长，您别无选择。"布利克利回答。

纳布知道比尔·布利克利说得有道理。片刻的犹豫都可能导致救生筏里的人因体温过低而死亡，把引缆拉断他们还有一半的生还机会。船长下令倒船，船上的人都屏住呼吸，不知道哪边的引缆会断裂——或者，更坏的结果是救生筏碎成两半，里面的人被甩入海中。

引缆绷紧，悬在海面上。半秒钟过去了。紧接着救生筏里响起了欢呼声——是救生筏和梅塞号之间的引缆断了！大家齐心协力，行动敏捷，把另一条引缆快速拉向接应船，不到几分钟，顾尔丹和法雷尔就在船底下了。绳子和攀网从船上放下来，两名幸存者爬下救生筏去抓绳子，但他们却连胳膊都抬不起来。

亚库塔特号船员提前想到了这个问题，救生员丹尼斯·J. 佩里和赫尔曼·M. 鲁宾斯基穿好防护服，爬下防护网，跳入水中。他们各自负责一名幸存者，用绳子捆住身体，这样船上的人就能把他们拉上去。

就在船上的人拉顾尔丹和法雷尔时，他们中有个人突然被网兜缠住了。亚库塔特号船员飞利浦·M. 格雷贝尔（格伯里）见此情景，没来得及穿防护衣就爬下网兜去救他们。两名幸存者最终安全到达接应船。

过了几秒，有名船员指着梅塞号喊道：“看！她动了！”

船首像有了生命一样跳了起来，伸入灰色的天空。接着，她转了一下，落回海中，掀起巨大浪花，然后彻底倾覆，只剩一小部分龙骨露出海面。

这时距顾尔丹和法雷尔跳下船刚好过去了 17 分钟。

亚库塔特号一直守在倾覆的船首边，直到晚上尼玛克号接应船前来营救。纳布船长驾驶亚库塔特号全力前往缅因州波特兰，想尽快把幸存者送到医院。两名幸存者都被冻伤了。佩策尔船长的情况最糟，他感染上了肺炎。当人们把他们从船上抬下来时，报社记者刚好在码头边。维拉德·福纳（法雷尔）镇静地对《波士顿先锋报》记者说："我们成功的可能性只有一半。"

梅塞号船首不能再航行了，尼玛克号受令将这艘半浮在海面的巨轮击沉。枪手本·斯塔比尔回忆第一枪他击中了位于船首吃水线上方的四十毫米的防空炮："看看有什么结果。"他以为油会从货舱流出，然后密度更大的水流进去，或者高性能燃烧弹被击中后会引爆轮船，使其沉没。但轮船却丝毫未动。尼玛克号船长弗兰克·麦凯布对斯塔比尔说："本，咱们用 K 型射枪引爆深水炸弹。"斯塔比尔从来没有实弹引爆过深水炸弹，而且 K 型枪只能将深水炸弹射出 75 码；船员担心射程太近，会对尼玛克号造成危险。

一番讨论之后，他们决定在斯塔比尔射击后尼玛克号全速前进，在深水炸弹爆炸前与其拉开距离。

深水炸弹两英尺长，宽的一端18英寸宽，形如泪滴，能快速穿过水域。K型枪将其引爆后，它在空中形成一道长弧线，接着会落入梅塞号附近海域，到达水深50英尺时，自动爆炸。

一切就绪，弗兰克·麦凯布船长给发动机加速，尼玛克号开始以每小时18海里的速度冲向梅塞号。船行驶到梅塞号附近时，斯塔比尔引燃全部三枚炸弹。几秒钟后，炸弹在水中爆炸，掀起层层巨浪。尽管在安全距离内，尼玛克号震动得还是十分剧烈，而梅塞号却几乎没有移动。

麦凯布船长注视着还在同一位置的梅塞号船首。望了半个小时，他决定再试一次。“这次情况不同，”本·斯塔比尔说，“船体跃向空中，又重重落下。大家都长舒一口气。实在太险了，天就要黑了，开着雷达也很难看清状况，我们担心会撞上梅塞号，成为最后一批遇难者。”

第十四章　漫长的救援

勇气就是在压力之下保持优雅。

——欧内斯特·海明威

梅塞号的半个船体已沉入海底。另一半船尾仍漂浮海面，在风浪的推动下缓缓漂移。船上的人百感交集，情绪和心态随船尾的浮沉而起伏。船体刚裂开时，恐惧和困惑笼罩整个船尾。大家不知所措，议论纷纷，船长佩策尔又恰好在远去的船首上，困惑瞬间演变成极度恐慌和混乱。有人当即提议弃船乘救生艇逃生，但其他人却认为不到万不得已不应这么做。舵手路易斯·詹米戴德决定赌一把。他后来回忆说："我走到甲板上，跳进一艘救生艇，手里拿了一把短斧。因为要待在船外，我想短斧应该能派上用场，就带了一把。有个兄弟激动地大喊，'我们一起跳下去'……我说，

‘等等，等船沉了我们再跳。’接下来的四个小时，我一直坐在救生艇里，手里握着短斧，准备剪断绳子，放走救生艇。”最后，舵手浑身冻透，回到船内，但他一晚都没合眼，随时准备逃回救生艇。“如果船沉了，”他说，“我不想待在船上等死。”

虽然梅塞号船尾也可能会像船首一样倾覆，但船尾还有电，这让上面的34个人感到庆幸。有电还可以照明以及发动机器，取暖系统也能正常工作。不过，糟糕的是船尾没有无线电设备，船员无法与旁边的短结号取得联系。船上的幸存者撑过了周一晚上。周二早上，他们都祈祷海警会前来救援，破碎的船体能继续坚持下去。

夺命暴风雪就要停了。东风号接应船颠簸摇晃，船上的无线电话务员莱恩·惠特莫尔自在地躺在铺位上想休息一会儿。但船不停晃动，海上突发状况不断，他根本睡不着。最后他起床穿好衣服来到甲板上。现在莱恩得知，梅塞号话务员约翰·奥雷利已经遇难，而船裂前自己还在和他联系。“东风号赶到前，会不会还有人遇难？”他心想。不过，莱恩清楚，船上的救生员训练有素，只要东风号及时赶到，救援一定能成功。

救援或许也能缓和人们对东风号不久前悲剧事件的痛苦记忆。1949年1月19日，也就是三年前，东风号从波士顿驶向切萨皮克湾途中，在新泽西沿岸突遇大雾。让人难以置信的是，接下来它与一艘 T2 型轮船湾流号相撞。但对事故负主要责任的却是海警船。

海警调查报告中写道："上午 4 时 15 分，东风号以每小时 14 海里的高速在浓雾中行驶。"这时，雷达操作员发现五英里外的目标船只湾流号（湾流号没装雷达）。当时值班的领航员中尉罗兰多·小埃斯蒂意识到东风号和目标船有相撞的危险。虽然不能确定目标船的航线和速度，他还是决定稍微改变航向。

尽管东风号改变了路线，雷达操作员还是意识到，它和目标船会相撞，并且，目标船正在快速向它逼近。就在目标船距东风号 1300 码时，"它突然消失在雷达监测区域内。"因为雷达无法确定目标船只的位置，罗兰多·小埃斯蒂没给东风号减速，也没有拉响雾角。接着，湾流号冲出浓雾，再次出现。此时，它距东风号只有四百英尺，径直朝东风号开来。

埃斯蒂急忙旋转船舵，但已经太晚了。湾流号船首猛地撞上东风号右舷，直击船桥尾部，"撞击十分猛烈，湾流号上部撞在东风号的烟囱，撞出一个深坑。"两艘船同时起火。湾流号船员很快将火扑灭，但东风号上的火势却迅速蔓延，从船桥扩散至无线电广播室和停泊舱。13 名海警在大火中牺牲，另有 21 人不同程度烧伤。

调查委员会称，虽然湾流号在大雾中严重超速行驶（航速达

15 海里 / 小时），但依据“交通法规”，东风号对本次事故负主要责任。埃斯蒂未遵守常规指令，未向指挥官报告三海里范围内是否有目标船只，未将螺旋桨转速降至 50 转 / 分钟，遇大雾也未发出警示信号。东风号船长也因允许经验不足者担任警戒指挥官和瞭望员而遭指控，在海警法庭受审。这起事故使海岸警卫队，特别是东风号的名誉严重受损。

现在，东风号在梅塞号船尾旁。莱恩 · 惠特莫尔望着汹涌的海面上灰蒙蒙的天空，琢磨着奥利弗 · 彼得森船长如何开展救援。东风号营救梅塞号船首上的受困者时，莱恩通过亚库塔特无线电设备收听救援信息。他了解整个救援过程，哪些人得救了，哪些人没能得救。

东风号上的拉里 · 怀特少尉也很清楚亚库塔特号的情况，他希望东风号船员能将梅塞号船尾上的每个人安全救出。但他也非常担心船员们的体力，有多名船员已经晕船。“几周前我们给船减轻了重量，”怀特回忆，“因为要到哈德孙河执行破冰任务。现在东风号颠簸得十分剧烈。之前一直在河上，现在到了海上，大家来不及适应海上的情况，很多船员晕船晕得厉害，根本无法工作，其他船员不得不承担双倍工作。”

拉里 · 怀特自己并不晕船，他望着不远处的梅塞号，看见巨浪汹涌袭来，冲击船尾，然后如瀑布般倾泻而下。年轻的少尉意识到，自己和兄弟们即将迎接属于他们的挑战。他发现竟然有烟从船的烟囱冒出，船尾后部向上翘起；每次风浪袭来，螺旋桨就显露出来。东风号不断向梅塞号船尾靠近，怀特和莱恩看见有几个人站在甲板栏杆边，拼命朝他们招手。东风号缓缓行驶，朝梅塞号的逆风向靠近，寻找合适的位置，保证梅塞号漂移时不会撞上破冰船。

奥利弗·彼得森船长了解现场情况后，当即决定，首要任务是与梅塞号建立通信联络。因此，他命令将一条配有“撇缆头结”的引缆抛向梅塞号，引缆另一端挂有装在防水箱里的便携无线电广播设备，船员能在船上拉住箱子。他们把设备从箱子里取出，就可以与接应船上的人交谈了。来自得克萨斯州帕萨迪纳市的轮机长杰西·布谢尔是梅塞号上的高级水手。他告诉奥利弗·彼得森船长一些人决定留在船上，还有一些想立即跳船。彼得森听后决定派出一艘救生筏。船员又向梅塞号抛出一条引缆，上面挂着一根粗重的绳子，救生筏系在绳子的固定位置。引缆另一端在东风号上的救生员手中。

幸存者用力拉引缆，把救生筏拉到船体附近时，有三个人立即跳入水中，挣扎着爬上救生筏。然而，要想到破冰船上可并不容易。海上依然狂风肆虐、波浪滔天，东风号剧烈颠簸，引缆悬出水面，将救生筏高高举在半空。接着，救生筏又猛地落入水中，里面幸存者紧握扶柄的手也跟着滑下来——只有握住扶柄，他们才不会落入冰冷的海水中，葬身大海。

东风号放下一张吊货网，三名警卫队队员——约翰·J. 科特尼、罗兰·W. 霍夫特和尤金·W. 科普西科——自愿操作吊网。他们在吃水线附近等待，准备帮助幸存者。东风号一颠簸，三名志愿者就完全浸入水中，但仍紧紧抓住吊网。救生筏靠近破冰船时，救生员把绳子系在幸存者身上，将他们拉上船。奥利弗·彼得森船长目睹了整个过程，摇着头宣布救生筏停止工作。他知道，自己运气很好，能将所有幸存者从水中安全救出。

救援过程中，海警接应船高仕利号也赶到现场。它从波特兰出发，在狂风暴雨中整整行驶了 24 个小时。缅因州海岸遭暴风雪袭击尤为严重，《波特兰先锋报》发文“暴风雪致缅因州瘫痪：史上超强恶劣天气”，标题加粗，十分醒目。高仕利号停在波特兰码头修缮，一半的船员分散在岸上各处。船长约翰·H. 约瑟夫也在岸上。接到彭德尔顿号和梅塞号遇险的消息时，他正在南波特兰的家中。有人给他打电话说：“长官，高仕利号来电。我们接到来自波士顿指挥中心的消息，两艘油轮在科德角附近开裂，现在准备前去救援。”

约翰·约瑟夫知道，要找到他的船员，十分困难。他回答：“电话联系船员，如果联系不上，给地方广播电台打电话，让他们播送消息，寻找船员。我马上赶到。”可前往码头却没有他说得那么容易。他的车陷在波特兰沃恩街桥的雪堆里，而要步行到达高仕利号停靠的码头，要花好几个小时。约翰·约瑟夫赶紧给南波特兰海警站打电话。海警站派出一艘巡逻船，从河里过来，接上约瑟夫把他送到高仕利号附近。其他船员也历经险阻到达码头，全员集结完毕。213 英尺的高仕利号从波特兰海港缓缓驶出，迎着暴风雪向南驶去。船上两名年轻救生员，约翰·米拉保尔和锡德·莫里斯都回忆，前往梅塞号的路途异常坎坷，他们都非常庆幸有约翰·约瑟夫船长指挥。“看见约瑟夫船长上船，我高兴极了，”莫里斯说，“他指挥高仕利号在大浅滩附近成功完成数次渔船救援任务，他是有着 25 年救援经验的老海警，在船员中威信很高。我知道，这一趟凶多吉少。船还在海港时，预先保证出海后不翻是很难的。船加速驶入开阔水域，跟着波特兰的灯塔船并肩行驶，那些认为自己会晕船的人真的开始晕船了，其他人的心情也十分沉重。”一般情况下，从波特兰到楠塔基特岛附近的梅塞号出事地点需要 18 个小时，但因为那天海上情况恶劣，高仕利号走了 24 个小时，几乎所有人都有些晕船。

锡德·莫里斯还记得，他看见梅塞号船尾时，吃惊得张大嘴巴。“我看见船体中部破碎钢结构上的大块缺口，还有一群情绪激动的船员，他们紧握栏杆，目光中满是恳求。”米拉保尔回忆，他们到达时正好看见，东风号上的人将载有幸存者的救生筏拉向船体。“东风号要把救生筏拉过去，真是不容易，”米拉保尔说，“救生筏上下颠簸，还不停旋转。我的心都提到了嗓子眼儿，救生筏里可有人哪！”

约瑟夫船长也看见这一幕，心想，救生筏里的人能活着到达东风号，简直太幸运了。不过，他也开始思考其他救援办法。“海上波涛汹涌，”约翰·约瑟夫说，“船尾随时都有可能像船首一样沉入海底，必须迅速采取行动。我跑到广播室，对东风号指挥官说：‘长官，我准备让高仕利号靠近失事船只，这样幸存者就可以跳上我们的甲板。这样做会有风险，但我想我们能做到。’”

奥利弗·彼得森船长是整个救援行动的现场总指挥。听到这样的请求，他犹豫了，不仅担心幸存者的性命，也担心高仕利号自身的安危。高仕利号是远洋海警拖船，比东风号小，也更加灵活，但这样的营救方式仍然十分危险，尤其是在暴风雪中危险就更大了。海上波浪翻滚，如果两船相撞，高仕利号上的船员将面临与油轮上幸存者一样的危险境遇。彼得森清楚这些风险，也知道如果行动失败，自己将受到严格审查，但他也明白他们此时别无选择。他通过广播回应约瑟夫船长，同意采取行动。

约翰·约瑟夫把自己的想法大致告诉舵手哈维·马迪根。他让马迪根将船转半圈，从后面靠近梅塞号，然后慢慢滑行，直到两船之间距离十英尺。高仕利号与梅塞号肩并肩时，他们可以关闭发动机，让船再向前滑行一点儿，这样幸存者就可以跳上扇形船尾了。接着，约瑟夫又叮嘱道："哈维，我们一定能成功，但你还是要小心，千万不要让船首撞上油轮。一旦相撞，后果可想而知。离它稍远一点儿，我们就是安全的。"随后，两个人沉默了一会儿，静静观察洋流和风向，计算着发动机停止转动后，船的行驶速度会是多少。

约瑟夫站在船桥侧部，从那里他可以看见高仕利号的扇形船尾，也就是幸存者跳上船的地方。他让哈维·马迪根将船慢慢转了半圈后靠近油轮尾部，接着让发动机熄火，再次测算滑行速度。发动机停止轰鸣，高仕利号靠惯性向前行驶，摇摇晃晃的油轮在前方若隐若现。一万个可怕的念头从约翰·约瑟夫的脑海中闪过：一个巨浪突然袭来把两艘船同时掀翻该怎么办？幸存者跳船时掉进两船之间的水域，葬身大海怎么办？油轮中的石油因撞击突然涌出怎么办？行动失败了，我的前途会怎样？这样想着，他犹豫了，但犹豫仅仅持续了一两秒时间。"再向前三分之一！"他喊道。

他们此时离梅塞号非常近，能够清楚地看见幸存者沿栏杆站成一排，看见他们脸上绝望的表情。紧接着，一个巨浪排山倒海般汹涌而来，高仕利号船首向梅塞号的螺旋桨冲去。哈维·马迪根疯狂转动船舵，约瑟夫朝连接发动机室的对讲机大喊："向右，背靠港口！"发动机搅动海水，卷起更多泡沫。还有几英尺两船就要相撞时，高仕利号船首突然停下，开始慢慢自己掉头。

约瑟夫和马迪根长舒一口气，但紧接着船体呈垂直方向朝油轮奔去，约翰·约瑟夫大喊："两个发动机都打开！"马迪根小心翼翼地让船首远离梅塞号，握紧舵盘，使船尾靠近油轮。高仕利号扇形船尾与梅塞号之间的距离从十英尺缩短到两三英尺，接着，船尾碰到油轮，轻微震动起来。"把两个发动机都关掉！"约瑟夫喊道。

现在幸存者可以跳了，但他们没有一个人行动。不过也可以理解：他们都望着相互仅距几英寸的两艘船，剧烈地上下摇晃。所有人都愣住了，不知如何是好。

海警中尉乔治·马奥尼、锡德·莫里斯、约翰·米拉保尔，还有许多船员都站在后甲板上，来回晃动，等待油轮上的船员跳上来。马奥尼叫道："伙计们，跳啊！我们会接住你们的！"但还是没有人动，连跨过栏杆的人都没有。油轮和接应船像跷跷板的两端，但仅有那么短暂的几个时刻，接应船船尾升起，距油轮甲板仅三四英尺，随后就又落下了。

看见幸存者们还是一动不动，乔治·马奥尼有些懊恼。他把双手放在嘴边当喇叭，怒吼道："喂，我们不可能一直待在这儿！快跳啊！"

终于，有位幸存者回过神来，跳过栏杆，然后停下来，等待波浪掀起，接应船再次升高。当高仕利号距油轮只有两英尺，并且升高到距他脚下只有三英尺时，他纵身一跃，顺利落在了甲板上。

这成功的一跳极大鼓舞了其他幸存者。紧接着，第二个人跳过栏杆，准备往下跳。接应船距油轮几英尺，米拉保尔伸出手，叫道："先别跳！等一下。好，现在准备好。跳！"这名幸存者听从米拉保尔的指令，也跳到了甲板上。但这一跳十分惊险，差那么几英尺，他就会掉进两船之间的空隙，遭挤压身亡。

约翰·约瑟夫船长这样描述第三个人往下跳时的情形："他在栏杆边摆好姿势，等待时机往下跳。但他等的时间太长了，跳的时候正赶上船向下沉。他的脚碰了一下栏杆，然后身体下落，眼看要顺着两船之间的缝隙掉进水里。我惊恐地看着眼前的一幕，听到他嘴里发出了尖叫声。两名救生员冲过去，抓住他的衣服，但惯性加上幸存者身体的重量拖着他们往前走，几乎要越过栏杆掉进海里。见此情形，又有三名救生员跑过来，抓住向下滑的三个人，把他们拉到了甲板上。"

剩下的几个幸存者目睹这惊险的一幕，更不愿意往下跳了。两名救生员主动行动，趁着波浪涌起两船几乎水平的时刻，探出身子，猛地拉住一名幸存者，把他从梅塞号拉到了高仕利号甲板上。他们正要去拉剩下的人时，一股滔天巨浪翻腾而来，将梅塞号船尾高高举起，落下时很可能直接砸在接应船上。高仕利号甲板上的人担心自己被压扁，四散而逃。约瑟夫船长对着对讲机大喊："全速前进！"

接下来发生的事情，锡德·莫里斯记忆犹新："发动机飞速转动，发出咯吱咯吱的响声，剧烈的震动带着舱壁和甲板不停摇晃，两个螺旋桨剧烈地搅动着海水。时间仿佛凝固了。接着，我们的船突然前倾，摆脱了下降的刀锋般的螺旋桨。"

螺旋桨距接应船很近，把栏杆砍出了缺口。约瑟夫船长喘了口气，然后下令舵手返回，继续救援。他坚信好运相伴，他们一定能成功。船到了合适的位置，他们首先要做的还是劝说幸存者跳船。锡德·莫里斯记得一名幸存者身材十分魁梧，跳下来后，几乎呈站立的姿势疯狂滑过甲板，撞上栏杆。就在他马上要掉进水里时，一名海警身手敏捷，一把抓住他，救了他的性命。事后，这名幸存者告诉锡德，他滑得那么快，是因为穿了新鞋，他不想丢掉一双新鞋。

总共有 18 人从油轮上跳下来。他们全部跳到了接应船上，无一人伤亡。另有 13 名船员不愿跳船，认为待在油轮上更安全。约翰·约瑟夫向指挥中心报告：“高仕利号船尾接近油轮，成功营救多名幸存者。行动分两次进行，第一次 5 人脱险，第二次 13 人脱险。”

约瑟夫船长请求将 18 名幸存者送到波士顿，因为其中两人需要住院。这一请求得到批准。其他 16 人安然无恙，一点儿擦伤也没有。他们登上另一艘海警船，换上了干衣服，喝上了热咖啡，吃上了热乎的食物。现在大家都松了口气，至少不会有性命之忧。“一生中最开心的时刻，”军需官赫尔利纽曼说，“就是我跳到高仕利号后甲板上的时候。”

高仕利号傍晚时分离开事故地点，行驶了一夜后，于第二天星期三早上八点到达波士顿。码头上挤满了人，这让约瑟夫船长、船员和幸存者着实吃了一惊。一阵欢呼声响起，汽车也鸣笛致意。一大波记者簇拥过来，争抢着提问，为脱险的幸存者拍照。约翰·约瑟夫船长出现时，又一阵欢呼声响起。两名幸存者——马西·亨特和艾伦·尼姆站在船长两边，把手搭在他的肩膀上，笑容满面。美联社记者拍下了这一瞬间，照片后来上了全国多份报纸的头版。

随后，约瑟夫船长和高仕利号全体人员回到波特兰。那里，包括船长家人在内的另一群人等着迎接他们。约翰·约瑟夫后来写道："我从船舱里出来，站在船桥上，大家纷纷祝贺我们救援成功。我低头望着涌动的人群，向妻子挥手，小儿子突然朝我大喊：'爸爸，怎么回事？为什么没把所有人都救下来？'"对此约瑟夫只微笑着摇摇头。

第十五章　查塔姆的星期二

同舟共济让人类战胜大自然，得以繁衍生息。

——查尔斯·罗密欧

伯尼·韦伯揉搓着惺忪的睡眼，感觉身上的关节隐隐作痛。虽然已经筋疲力尽，他还是没能睡个好觉。他拖着疲惫的身子从铺位上爬起来，环顾四周。阵阵疼痛提醒他昨天发生的一切：他和勇敢的兄弟们用一艘小小的救生艇拯救了32个人的生命。韦伯低头看看地板，以为自己还在做梦。美元钞票散落一地，柜子抽屉里也满是现金。他不知道哪里来了这么多钱，急忙穿好衣服，收起钞票，跑下了楼。楼下全是幸存者，有的躺在集装箱上，有的干脆睡在地上。韦伯把钱递给博斯·丹尼尔·克拉夫。

“这些钱哪儿来的？”韦伯问。克拉夫告诉他，彭德尔顿号幸存者弃船前取回了一些财物，这些钱是他们送给救援人员的礼物。最后，韦伯他们用这些钱为查塔姆救援站买了台电视。1952年，电视还是稀罕的奢侈品。不过，也有人不赞同韦伯的做法；上级领导因为他救援时未按规矩办事非常生气。克拉夫告诉韦伯，一些高级军官甚至抱怨要把他告上“军事法庭”，因为他返回奥尔德港途中关闭无线电设备，无视上级指挥。克拉夫说自己会处理这些情况，请韦伯放心。事实上，克拉夫并不需要介入。那天晚些时候，海岸警卫队第一区司令H.G. 布拉德伯里少将发出头号电报，内容如下：

参与彭德尔顿号救援的所有人员都出色地完成了任务。在此，向CG 36500号救援艇负责人伯纳德·C. 韦伯及救援人员——安德鲁·J. 菲茨杰拉德、理查德·P. 利夫西和欧文·E. 马斯克表示敬意：“行动中，你们表现出了精湛的航海技术和不顾个人安危、舍己救人的高尚品质。寒风刺骨，暴雪肆虐，一片漆黑，你们迎着滔天巨浪，穿过险恶水域，在事故油轮倾覆前成功营救出33名幸存者中的32人……向你们并通过你们向整个救援站表示由衷的感谢。”

理查德·利夫西早上醒来时仍然感觉头很晕，喉咙肿痛，他担心自己得了肺炎。利夫西现在有一周的休息时间，他本来想立刻回家，但他和其他船员都要留下来，等着晚点儿医生过来给他们检查身体。医生告诉利夫西身体并无大碍时，他才松了一口气。不过，宽慰很快变成了失望，因为医生还要对他们进行为期一周的观察，也就是说，他的假期又要推迟了。

彭德尔顿号幸存者在查塔姆待的时间不长，也没机会向韦伯和其他救援人员表达感激之情。“我永远不会忘记你们。”幸存者弗兰克·福特握着救援人员的手说。“上帝一定会保佑你们！”韦珀·弗雷德·布朗点头同意。那天早上，他们挤进一辆公共汽车，前往波士顿艾塞克斯宾馆。路上，他们还要接上两名船员：51 岁的佛罗里达州杰克逊维尔人阿伦·鲍斯维尔和蒂尼·迈尔斯的好朋友罗洛·肯尼森。他们两人都因受到惊吓在海恩尼斯的科德角医院治疗。汽车离开救援站时，路过了晨曦中闪闪发光的彭德尔顿号遗骸。“它在这儿。”年轻的卡罗尔·基尔戈忧伤地说。

彭德尔顿号救援成功的消息传出了查塔姆小镇。当地那天报纸报道的事件有：银行劫匪威利·萨顿获捕，新加冕女王伊丽莎白的首次半公开就任仪式紧张筹备中，伊丽莎白·泰勒和英国演员迈克尔·怀尔丁的婚礼即将举行……但最重要的新闻无疑是科德角边发生的一切。波士顿一家主要报纸《每日纪实》刊文“科德角附近事故船只载有 55 人，32 人获救”，标题加粗，十分醒目。《科德角标准时报》头版头条刊发文章“两艘油轮科德角附近失事，四名查塔姆救援人员成功营救 32 人”。《波士顿环球报》头版刊登的也是有关救援行动的文章“失事油轮上 32 人获救”。该报还登出了船长约翰·J. 菲茨杰拉德的照片，标题是“波士顿籍船长在彭德尔顿船首牺牲”。这个论断显然为时过早，特别是对菲茨杰拉德船长的家人来说影响更是巨大。

玛格丽特·菲茨杰拉德刚开始接到消息说，丈夫 2 月 18 日晚情况十分危险。电话铃响时，菲茨杰拉德船长 11 岁的儿子约翰·J. 菲茨杰拉德三世正在和弟弟们一起看《基特·卡森大冒险》。玛格丽特拿起电话，听到一个让人揪心的消息。“天哪！”她叫起来，“我的丈夫牺牲了？”电话那头告诉他，情况十分复杂，一切还不好说，但就目前的情况看，她的丈夫生死未卜。玛格丽特放下电话，努力让自己平静下来。她把四个孩子叫到身边，告诉他们这个消息。和三个弟弟一样，菲茨杰拉德三世也不太理解母亲说的话。他以为，爸爸只是不太方便回家。约翰·菲茨杰拉德一年下来只能在家待 45 天，孩子已经习惯没有爸爸陪伴，但他还是期待爸爸从前门走进来，怀里抱着礼物。玛格丽特安顿好四个孩子后，奔向查塔姆。

经过两个半小时的路途，公共汽车终于到达波士顿，疲惫的幸存者从车内一涌而出。艾塞克斯宾馆大厅里，米莉·奥利维尔是唯一一位等待幸存者的妻子。她有三个孩子，其中两个站在她身边等爸爸。丈夫阿奎诺尔走进暖和的大厅时，米莉跑过去和丈夫紧紧相拥。困在彭德尔顿船尾那漫长的几个小时里，这位瘦削、戴眼镜的厨师担心自己再也见不到自己的家人了。阿奎诺尔·奥利维尔和31个兄弟免费住在艾塞克斯宾馆。他们要等着在海警调查中做口述，这是大规模海难事故发生后必须要走的流程。此前，幸存者已经向没能来查塔姆的记者们讲述了一遍自己的痛苦遭遇。接受《波士顿邮报》的采访时，阿奎诺尔说船体开裂时，自己正在做面包，他脸上沾满面粉，跑到甲板上看发生了什么。他还说当时的暴风雪比九年前德国入侵西西里岛时还要猛烈。罗洛·肯尼森接受采访时，手里拿了一个三角形的纸袋。记者问他里面装了什么，他把手伸进纸袋，掏出乔治“迷你”（蒂尼）迈尔斯临死前给他的信号枪。“他那么好的人，怎么能死呢？”罗洛·肯尼森说话时，身体还在不住地颤抖。

第二天早上，玛格丽特·菲茨杰拉德走到海边，把双臂抱在胸前抵御严寒。她望着翻滚的巨浪，担心大海已经把丈夫带走。海边不只有她一个人。那天，数百人驱车来到查塔姆断崖，想亲眼看看彭德尔顿号遗骸。现场人山人海，特警不得不介入指挥交通。在许多人看来，破碎的船尾似乎在告诉人们大海的威力有多大。不过，还有一些人从中只看到了机会。

有传言称，船尾的桌子上有一小笔钱。事情是这样的，几个船员玩牌，玩得正起兴时，有人通知他们救生艇来救他们了。就在大家把钱收起来时，其中一位船员提醒大家在水手中间流行的一个说法——弃船时，拿走赌注的人有一天也会葬身海底。当然，传言也仅此而已，因为后来幸存者们还是把钞票塞满伯尼·韦伯的抽屉，撒满他房间的地板。不过，还是有许多查塔姆捕鱼人相信这个传言。他们同样觊觎船上设备齐全的机械室、昂贵的导航装置和大量衣物。海岸警卫队员称，没有得到指令前，他们不会搜查彭德尔顿号两部分遗骸。这样的指令一直也没有下达，所以，按照科德角地区的拾荒传统，大卫·赖德和几个朋友潜入波涛汹涌的海中搜寻宝藏。赖德驾驶 38 英尺长的班轮爱丽丝·南希号靠近彭德尔顿号船尾。他的几个朋友爬上船，在遗骸中寻找宝藏。大卫·赖德不肯上船，只是看着朋友在油腻的甲板上滑行、搜寻。在遗骸里找到的物品中有彭德尔顿号红色的三角帆。这面三角帆现在还在赖德家中。

查塔姆海边的人群目睹大海威力的同时，几个人也聚集在 20 英里外的巴恩斯特布。那里，一艘残破船只的船员讲述着自己惊心动魄的故事。和彭德尔顿号还有福特·梅塞号一样，60 英尺长的拾贝拖网渔船英寻 40 号也困在了东北风的魔爪之中。渔船 2 月 16 日（星期六）从巴恩斯特布港出发，前往距普罗温斯顿 28

英里的渔场。船员们当天就拾到了五百磅扇贝。第二天，暴风雪袭来，巨浪冲击渔船，打碎操舵舱的玻璃，海水浸透回声探测仪、方位仪和无线电设备。

所有航行设备都无法使用了，戈夫船长只能驾驶英寻40号渔船迎着暴风雪继续前行。他让船航行了3个小时，然后掉头原路返回，重复航程。最后，他掉转方向，让船头朝南。2月18日（星期一），戈夫把船驾驶到丹尼斯附近。他发现已经进了科德湾奥尔德岛的入口，然后他和船员躲在海湾中，等待暴风雪结束。第二天，他们安全回到巴恩斯特布港。后来他们得知，同样困在那次暴风雪中的其他船员未能像他们一样好运。

第十六章　十三名留守船员

避免失败的最好方法是决心成功。

——理查德·布林斯利·谢里丹

星期三早上，楠塔基特岛东南部，晨曦微露。阳光照耀着翻滚的波浪，浪高只有十英尺。海面上，东风号破浪前行。天气不错，但莱恩·惠特莫尔却感觉筋疲力尽。他觉得接到福特·梅塞号求救的消息已经是一周前的事情了，而实际上只过去了 48 小时而已。整个救援过程在莱恩看来都有点儿不真实。他之前还担心不能及时赶到事故现场，但最终梅塞号船尾并没有人员伤亡。决定留在船尾的 13 个人也没错，他们只是不想离开大海。莱恩不知道这是因为他们认为待在船上更安全，还是他们想履行自己的职责——船员一定知道，如果所有人都弃船逃生，其他人就会上船，称自己有抢救沉船财物的权利。船主当然不希望看到这样的结果，所以会奖励那些留在船上的人。

接下来几个小时内发生的事情，莱恩·惠特莫尔都不再关心了。拖船会将绳子系在船尾，把船拖到港口。很快，他和兄弟就能享受假期，好好休息了。东风号上有三名幸存者；他们要前往波士顿。尼玛克号会一直守在梅塞号船尾，等待拖船到达将梅塞号拖走。莱恩回忆着整个事情的经过，他永远不会忘记在漫天风雪中，高仕利号努力向梅塞号靠近时展现出精湛的航海技术。他也不会忘记，自己与梅塞号话务员约翰·奥雷利之间的莫尔斯码消息往来。奥雷利在事故第一天就不幸遇难了。

总体来说，救援取得了成功。无论是海员还是民众都纷纷称赞海岸警卫队员，称他们有效调用了几乎所有救援设备，包括救生筏、小船、雷达、飞机和各种船只。报纸、广播、电视争相报道本次救援。东风号船长奥利弗·彼得森还在救援现场时，就收到了采访请求。广播里有一则节目预告这样说：“2 月 25 日星期一晚，约翰·戴利邀请奥利弗·彼得森船长做客哥伦比亚广播公司‘新闻我来看’节目。如果您能参与到节目中来，请尽快回复我们。”

那天晚些时候，三艘拖船到达事故现场，除东风号外，是来自诺瓦·斯科舍州哈利法克斯的房德逊·约瑟芬号和来自纽约市的M. 莫兰号。东风号通知指挥中心拖船已经到达："梅塞号上仍有13人，其中有自愿留下看管油轮的人，也有年老体弱不能下船的人。一名船员背部受轻伤，另有一名患轻微胸膜炎。救援船已向梅塞号供给药品和香烟。东风号上的三名幸存者中，一人腹部疼痛，疑患疝气。"

一小时后，莱恩·惠特莫尔离开事故现场。他的任务已经完成，但对另一些人来说工作才刚刚开始。梅塞号船尾朝东南方向漂移，第一艘拖船赶到时，它在楠塔基特岛以南40海里附近。房德逊·约瑟芬号往梅塞号上抛了一条引缆，上面挂着一条结实粗壮的名为"系船索"的绳子。梅塞号上的人把引缆往船上拉，然后把系船索拴在船尾末端的拖拽木楔上。因为船体前部巨大的钢结构已经损坏，所以工人决定从后部拖船。另一条系船索两端分别拴在莫兰号船尾和约瑟芬号船首。这样，莫兰号在最前面，约瑟芬号紧随其后拖着梅塞号，拖船作业正式开始。三艘船以5海里/小时的速度前往罗德岛的纳拉干西特湾和纽波特。

报纸全程报道拖船行动。《纽约时报》称："今晚，福特·梅塞号船尾有黄色灯光闪烁，烟囱中也有烟冒出。留守在船上的人可以使用电灯和取暖设备，因为锅炉等机械都在船尾，餐厅的食物也很充足。"梅塞号所有者特立尼达拉公司可能担心拖拽过程中油轮突然沉没，所以宣布仍留在船上的人完全是个人行为，公司没有强迫他们。公司发言人称："这 13 人是自己选择留在船上的。现在船员都有自主决定权。这是他们自己的选择。"不管怎么说，梅塞号船尾的价值远远不只钢制船体；船尾仍载有 45000 桶石油和油轮所有的机械设备。

星期五，拖船抵达纳拉干西特湾。一位纽波特当地海军上校带领三名美联社记者登上梅塞号船尾。文字记者汤姆·霍根称，他和另外两名摄影记者是"油轮开裂后的首访者"。霍根报道，上船后，船上的厨师带他进入餐厅。餐厅一尘不染，长长的餐桌上铺着干净的白色亚麻布。十三名留守船员过得不错，他们还邀请霍根在船上吃早餐。早餐十分丰盛，有薄煎饼、"各种"鸡蛋、土豆、培根、牛奶和咖啡。一名叫莱昂内尔·迪普伊的船员向霍根讲述了船体开裂的经过："当时我正在餐厅喝豌豆汤。听见响声，我立即跑到甲板上。我看见一艘船的船首。天哪，我们撞上了另一艘船！接着，我看见船首上船的名字，这才意识到是我们的船裂成了两半！"

梅塞号到达纽波特成了重大新闻。《波士顿先锋报》报道："成千上万名汽车司机和其他民众站在岸上注视，两艘拖船拉着梅塞号驶进纽波特港平静的水域。"凑巧的是，参与营救船尾三名幸存者的高仕利号船员约翰·米拉保尔那天来到纽波特拜访亲戚。他看见海边聚集着那么多人，感到奇怪，就问邻居出了什么事。“我简直不敢相信，”米拉保尔回忆，“拖船拉着梅塞号船尾驶进港口！我当时想，‘船尾还能动，我们为什么费那么大劲儿把人从船上救下来呢？’”不过，他很快记起，最后一个人跳上高仕利号二十分钟后，梅塞号船首马上就倾覆了。他知道，如果当时不去救援，船尾也将面临一样的命运。

有三个人在纽波特下船，他们是：“新贝德福德人塞缪尔·巴尔博扎，他的肋骨断了；康涅狄格州布里斯托尔市人科伊特·霍华德，他有胸膜炎；还有72岁的纽约市人阿方斯·肖万，他只是想回家。”剩下的十个人决定继续留在船上，到目的地纽约的造船厂再下船。其中一位“留守者”，来自费城的厄尔·史密斯说：“我们已经带它走了这么远，不如带它走完全程吧。”留在船上的其他人也都是差不多的想法，这些人是：得克萨斯州帕萨迪纳市人杰西·布谢尔；罗德岛文索基特市人威尔弗雷德·埃鲁；新罕布什尔州康科德市人拜伦·马修森；得克萨斯州休斯敦市人霍华德·科尔比；密歇根州渥弗林人查尔斯·杜普雷；马萨诸塞州福尔河市人莱昂内尔·迪普伊；得克萨斯州科珀斯克里斯蒂人切斯特·不罗达；休斯敦人迈克尔·克劳利；华盛顿州卡马斯人阿瑟·坎宁安。

梅塞号船尾拖出纽波特港前往纽约前，承销商和联邦当局检查了船体，确认其能够航行。特立尼达拉公司称船尾几乎是“整艘船的三分之二而不是一半”，价值将近两百万美元。

船从纽波特到布鲁克林的东河只用了26个小时。到了造船厂，工人把新的船首接在船尾上，整个重建过程完成后，船有了新的名字“圣哈辛托号”。安上新的油舱后，船的长度增加了40英尺。总长545英尺。圣哈辛托号沿美国大洋航线又航行了十几年，直到噩运又一次降临。1964年3月25日，油轮在缅因州波特兰卸下汽油、煤油和石油等货物后继续前往佛罗里达州杰克逊维尔。航行至距弗吉尼亚东岸40海里时，三声巨大的爆炸声突然从船体中部传出。熊熊火苗从8号货仓冒出，烧毁了部分露天甲板。船长迅速察看火势后，决定所有人员必须尽快逃上救生艇。和SS福特·梅塞号一样，SS圣哈辛托号也裂成了两半。船长命令放下救生艇，发出遇险信息，但话务员却无法执行命令，因为无线电天线在爆炸中烧毁了。

幸运的是，美孚·珀加索斯号正好在附近，话务员能通过信号与其建立联系。但上了救生艇船员又要面临另一个难题。总乘务员56岁的马丁·多蒂拉被爆炸和紧急疏散惊吓后情绪激动，刚上救生艇就突发心脏病。船长命令救生艇朝美孚·珀加索斯号行驶，希望能使多蒂拉接受紧急医疗救治。这一决定十分英明，但却没有起到任何作用。这位来自密西西比州格尔夫波特的总乘务员在赶往救援船的途中不幸逝世。

但除总乘务员以外其他 36 个人全部生还。这次爆炸事故与 12 年前福特 · 梅塞号遇到的情况惊人相似。不过，梅塞号事故归咎于焊接不牢、钢材劣质和天气恶劣，而导致圣哈辛托号船体开裂的原因却完全不同。经过事后充分的调查，海警调查人员认定，爆炸发生的原因是，8 号油舱内的汽油未清洗干净。

每个油舱都镀有镁阳极以防止内壁腐蚀。调查人员认为，镁阳极与油舱底层电镀上的物质发生碰撞后，产生火花，点燃汽油蒸汽引发大火。事故调查后，海岸警卫队建议，运送汽油、煤油、石油或其他易燃液体的货仓禁止使用镁阳极。海警官方报告中提到了轮船的焊接问题，却只字未提其对圣哈辛托号船体开裂的影响，这实在让人吃惊。

第十七章　搜寻彭德尔顿号船首

一切皆可改变，唯独死亡例外。

——艾米莉·迪金森

彭德尔顿号船首停在查塔姆海岸七海里外的波洛克海峡灯塔站附近，那里水深54英尺左右。事故发生后的几天，查塔姆救生艇站的工作人员多次试图登上船首。“海面波浪起伏，”博斯·丹尼尔·克拉夫在救援结束的两天后对记者说，“不过，我想我们一定会上去的。”但海上的情况一直非常恶劣，船首不停摇晃，工作人员根本爬不上去。同时，另一拨工作人员在岸边巡逻，搜寻可能冲上岸的遇难者遗体，但却一无所获。

彭德尔顿号其余船员的命运无疑牵动着船主们的心，但他们也要思考如何处理轮船的两个部分。无论船首还是船尾都仍载有大量石油。来自国家货物运输公司的代表与纽约一家打捞公司的成员在查塔姆威赛德旅馆会面。国家货物运输公司方面态度乐观，认为还能将油轮的两个部分运回船坞，重新焊接起来。

2 月 24 日星期六那天，距事故发生已经整整一周，天气终于放晴。救援拖船柯布号缓缓停在彭德尔顿号船首旁边。理查德·利夫西、梅尔·古斯、奇克·蔡斯艇长还有查塔姆救生艇站的另外两名海岸警卫队员也加入到柯布号船员的搜查工作中。船体已经漂到之前波洛克海峡号灯塔船之前停靠的位置。几天前，人们担心船首会撞上灯塔船，刚刚把它移走。彭德尔顿号船首几乎垂直漂移，顶端伸出与水面成45度角。现在，海面平静下来了，工作人员可以轻松登上船首。但理查德·利夫西仍待在救生艇里，蒂尼·迈尔斯的脸庞还在他脑海中浮现。不管是在睡梦中，还是每个醒来的时刻，他的面容都一直在脑中萦绕。利夫西不知道救援人员搜查彭德尔顿号船首时还会遇到什么危险，但他知道，他不愿看见悲剧再次发生。梅尔·古斯也不是很想爬上船首：“我们有点儿不敢登上那个大块头，因为不知道突然又会发生什么。”但他还是和几个工作人员爬了上去，从残破的末端上去，一点点爬上陡峭的甲板。他们小心翼翼地贴着栏杆前进，因为稍有不慎，就会掉进冰冷的海水中。虽然气温还是华氏二十几度，但阳光明媚，为他们的搜查工作提供了充足的光线。不过，进入轮船内部后，他们还是需要打手电。“里面非常可怕，”梅尔回忆，“回荡着各种隆隆声，可能是海水冲击船体断裂处发出的。”他们把破损的轮船搜了个遍，但在吃水线以上并未发现遇难者遗体。看来，约翰·菲茨杰拉德船长和七名船员全都被水冲走了。但这个想法很快消失，因为古斯他们接近船首前甲板时，有一个令人忧伤的发现。他们慢慢进入隔间，在手电光的照射下，看见储物柜上躺着一个人。很明显，那个人已经死了。他身上盖着报纸来抵御严寒。他的脚插在满是锯屑的口袋里，鞋和袜子散落在地板上。他没有毯子可盖，营房、铺位和餐厅都在船尾。显然，这名船员困在了衣帽间里，没听到也没看见六天前来救他们的救生艇。

“他脸上表情僵硬，”梅尔回忆，“那个年轻人一定害怕极了，这样死去，多孤独啊！”梅尔猜测他可能是瞭望员，驻守在油轮前部，看见有船来了就吹响手中的雾角。

没有人为他们死去的战友默哀。救援拖船的海员甚至开始冲着尸体咒骂。“你个浑蛋，”梅尔听见有人说，“要不是你，我们可以放一天假。”他们的话让梅尔和其他海岸警卫队员很不舒服。“这些商船上的人都是铁石心肠。”梅尔回忆时说。他们对待死人的方式也让人很不舒服。“那几个家伙像扔一条死鱼一样把他扔上船。”理查德·利夫西说。

接下来的搜查中，他们找到了死者的驾驶证。从驾驶证的信息可以得知，这名年轻人名叫赫尔曼·G. 加特林，是密西西比州格林维尔市人，今年 25 岁。比对他左手拇指和驾驶证上的指纹也印证，死者就是加特林。

加特林的尸体被送到查塔姆救生艇站，停在屋外等待验尸官检验。那天晚些时候，C.H. 基恩医生到达救生艇站，对尸体进行了检验。尸体上只有几处轻微擦伤，没有损伤、外伤和骨折的迹象。C.H. 基恩医生称其死亡原因是冻伤和撞击，死亡时间是事故发生当天：“1952 年 2 月 18 日 20 点前”。这出乎人们的意料。

约翰·菲茨杰拉德船长和船首上其他几个人到底经历了什么，至今无从知晓。船体开裂后他们就被甩了出去？像梅塞号船尾话务员约翰·奥雷利那样，他们也从狭小通道掉下来，想要到达船的最前端？或者像幸存者奥利弗·金德伦猜测的那样，事故一发生他们就已经遇难？轮船开裂时，金德伦说：“一个 70 英尺的巨浪将船首举高，然后突然落下，伴着刺耳的撕裂声。船跌入浪谷时，桅杆倒了，砸在船中央的舱室。我本来也应该在里面，但当时我在船尾玩纸牌。”金德伦认为，一定是桅杆砸伤或砸死了中央舱室里的人，包括菲茨杰拉德船长。

金德伦或许是对的。不过，可能目睹菲茨杰拉德船长和其他船员遭遇的人只有赫尔曼·加特林，而他冰冷的尸体现在躺在查塔姆救生艇站。

第十八章　调　查

该受到惩罚的不是犯罪的人，而是制造黑暗的人。

——维克托·雨果

对彭德尔顿号幸存者来说，劫后余生的喜悦现在被愤怒所取代。海岸警卫队调查听证会上，他们心中的怨恨之气得以宣泄而出。1952 年 2 月 20 日，听证会在马萨诸塞州查尔斯镇的宪法基地举行，由波士顿第一区的三名军官主持，他们是参谋长沃尔特·R. 理查德上尉、商船安全部门负责人威廉·W. 斯托里上尉和海事督察员威廉·小康利上校。另一名海事督察员威廉·G. 马奥尼上校负责记录。

幸存者一个接一个起身向实情调查组讲述他们 12 个小时里在汹涌的海上遭受的煎熬和痛苦。调查中，大家最关注的一点是，早在一个月前船体就出现了断裂，但却一直未得到修缮。裂缝出现在4号右舷舱和中心舱之间的隔板上。“隔板上一共有三道裂缝。”总泵工詹姆士·M. 扬说。不过，来自得克萨斯州加尔维斯顿的扬认为裂缝应该没有那么严重，否则船体早就断成两半了。

船员言辞激烈地告诉调查组，船上许多设施早已无法正常工作。例如，幸存者称轮船发不出求救信号。目击者也证实船上的烟雾信号和照明弹许多已无法使用，甚至船员下船都很艰难，船上唯一一架雅各布梯上只有三个梯级。船的构造也存在明显缺陷。听了许多证词后，调查组成员威廉·斯托里上尉怀疑，极寒的天气、汹涌的波涛以及焊接金属压力可能是两艘船发生事故的原因。福特·梅塞号船员约翰·布拉克尼斯同意斯托里上尉的推断。他和另外几名船员告诉调查人员，船体开裂前的四个小时里，他们一直能听见奇怪的轰隆声，好像焊接点断裂的声响。

波士顿海运局的验船师威廉·伦兹却站在了船主一边，“风雪肆虐，海浪翻滚，威力巨大”。他还称，所有焊接船都没有铆接船安全，这种说法是“不公平”的。这位验船师还举了几个铆接船断裂的例子证明自己的观点。其中一个例子是洛夫特胡斯号。该船建造于英格兰的桑德兰，1868年服役。这艘222英尺长的轮船由铆接钢制成。服役30年后，洛夫特胡斯号在距佛罗里达州博因顿海滩一英里附近沉没。当时它载满木材，从佛罗里达州彭萨科拉出发前往阿根廷布宜诺斯艾利斯港。事故发生后，船上16名船员全部安全上岸，但轮船却彻底报废了。

缅因州海事调查局对彭德尔顿号事故做出如下认定：由轮槽引发的结构性破损导致船梁断裂，船体从7号和8号货舱中间开裂，造成9人丧生。事故的遇难者名单首次公开：

约翰·J. 菲茨杰拉德，船长

马丁·莫，大副

约瑟夫·W. 科尔根，二副

哈罗德·班卡斯，三副

詹姆士·G. 格里尔，无线电话务员

约瑟夫·L. 兰德里，海员

赫尔曼·G. 加特林，海员

比利·罗伊·摩根，海员

乔治·D. 迈尔斯，海员

虽然证词存在严重分歧，调查局还是认定："彭德尔顿号的航行符合操作规范，事故发生时，包括船长在内船上共有41人。"不过，调查组也确认，船尾船员使用的四枚橙色烟雾信号弹中，只有一枚成功发射。调查人员还认定，正常发射到空中的降落伞照明弹，只有一枚照亮了风雪弥漫的天空。

最后，调查局认定，造成彭德尔顿号船体开裂的原因主要有以下三个：轮船构造；恶劣天气；货物装载。轮船构造方面，调查人员认为："焊接结构和设计，使轮船上形成许多着力点。"调查局特别指出了横隔板舱口围板支架上的焊接问题。因此，调查人员认定，裂缝最开始出现于船底7号与8号油舱之间横隔板的前端，然后向内朝中心线、向上朝甲板和右舷止裂器蔓延。因为船首和船尾都有一部分淹没于查塔姆附近水域，调查组只能推断，船主体部分开裂严重，裂缝"迅速"蔓延至其他位置。

天气方面，缅因州海事调查局只是把彭德尔顿号幸存者和4名救援人员的话又详细说了一遍。在调查报告的第10页，调查人员写道："调查局认为天气，特别是气温和海浪，是造成人员伤亡的重要原因。当时，东北风肆虐，巨浪翻滚，船的位置和海浪的方向不协调，船首和船尾时常处于波峰，中部缺少支撑。"

另外，调查组认定，遭受几波巨浪打击后，轮船改变航向，朝南航行，最后裂成两半。他们还认为，海水温度低（华氏38度左右），船体材料变脆，也是造成开裂的一个原因。

猛烈的暴风雪只能归咎于大自然，而货物超载却纯属人为。经调查，油轮超载，底部压力增大，对船体沉没造成了"一定影响"。调查报告显示，除港口深舱的120桶燃油外，船首的油舱全部是空的。9号油舱几乎是空的，后水箱也只装了一半水。这样，重心转移到了船体中部，再加上"极端恶劣天气"的影响，引起

“下沉效应”。但调查局却认定船的载货方式完全符合油轮贸易通行办法。调查人员还认定，轮船上的止裂器有效阻止了裂缝蔓延，但没能防止新的裂缝产生。

最后，缅因州海事调查局认定彭德尔顿号事故为天灾，没有人需要对此负责。对许多幸存者来说，调查报告在为政府开脱。调查局最后做出如下结论：“本次事故涉及的海员、船员、轮船所有者（商）以及海警巡视员均无失职、操作不当或故意违法违规等行为。”

调查组建议研究T2油舱载货的最佳方式，以减轻船体下沉。调查人员提议，在轮船底部加安四个止裂器(如果轮船得以重建)。他们还建议在桥梁结构的前部安装竖梯，以便船长和船员紧急时刻从船桥逃到甲板和通道上。

调查局还对给予“参与彭德尔顿号救援的所有军官和海警人员”的表彰表示高度赞同。

第十九章　英雄既是荣誉也是负担

英雄或许是世界上“寿命最短“的职业。

——威尔·罗杰斯

救援结束的几个月时间里，伯尼·韦伯和兄弟们一直处于另一个浪潮的巅峰——公众的赞美。这些年轻的救生员从未想过出名，所以，对他们来说经受住这一浪潮与进行海上救援一样充满挑战。把勇敢的救生员变成媒体争相追捧的宠儿，这就是新闻的力量。美国与朝鲜之间的停战谈判陷入僵局，朝鲜半岛战火又起。美国人对战争已经感到厌倦，急需一些事物来振奋精神、凝聚人心。CG36500 号救生艇上的勇士能暂时转移大众注意力，使人们忘记战争的残酷。

作家詹姆士·布兰德利在畅销书《父辈的旗帜》塑造了有缺

陷的英雄形象。借鉴这些形象，美国政府将伯尼·韦伯和其他救生员当作争取美国支持者的公关武器。硫黄岛战役的士兵在摺钵山顶高举“第二面”美国旗帜，是一幅标志性照片。《父辈的旗帜》中，美国把这些士兵带回国内，举行巡回“表演”，募集战争经费。但就在旗手艾拉·海斯、勒内·加尼翁和约翰“道格”布兰德利享受英雄待遇时，大批的战友却在火山荒地献出了生命。7年后，CG36500号船员也感受到了同样的愧疚之情，他们相信，真正的英雄是“那些没有回来的人”。

韦伯不仅对蒂尼·迈尔斯和在其他事故中丧生的人感到愧疚，也对所有在此次救援行动中做出贡献，却没能得到应有的关注和荣誉的人充满同情。他想起了朋友唐纳德·班斯和CG36383号救生艇的所有救援人员，他们在那个可怕的夜晚与狂风巨浪搏斗的时间比自己还要长。韦伯和班斯关系一直很好，后来的多年时间里，二人经常谈论起那天晚上的事情。“我喜欢班斯，”韦伯自豪地说，“那时候，我们连续值10天班，然后放两天假。没有电视看，我们就只能聊天儿，班斯非常健谈。我们喝着热咖啡，经常一聊就是几个小时。”班斯告诉韦伯，彭德尔顿号救援中，自己的时间主要花在营救一个从船首跳下去失踪的人身上。他不明白，当时为什么没有派他去支援船尾救援，他的救生艇CG36383号距事故地点只有一英里。韦伯马上意识到，如果当时班斯和他的兄弟们没被调回船首，而是去船尾救援，唐纳德·班斯，而不是伯尼·韦伯，那他们将成为美国海岸警卫队的“海报人物”。

不过，韦伯越来越感到，自己在海岸警卫队的名人身份不是幸事而是负担，他的愧疚之情这才慢慢消退。彭德尔顿号救援结束后不久，韦伯获批从查塔姆救援站调往伍兹霍尔海岸救援中心。中心在科德角另一端，距查塔姆救援站 50 英里。在那儿，他与自己的良师益友弗兰克·马萨基团聚，共同负责 CG8338 号救生艇。韦伯想竭力忘记查塔姆，忘记那次艰难的救援，把精力都放在新的单位、新的任务上。但这做不到，因为韦伯的领导经常派他给当地的同济会和扶轮社做演讲。一张张照片中，无数奖励和表扬将韦伯包围，但仔细观察他的表情就会发现，照片中的他局促不安，一点儿都不快乐。很显然，比起一次接一次地参加这种活动，他更希望在海上执行任务。

韦伯、博斯·丹尼尔·克拉夫和无线电话务员威廉·伍德兰参加了在波士顿帕克豪斯酒店举行的典礼。酒店十分豪华，约翰·F. 肯尼迪曾在此宣布竞选国会议员，并向杰奎琳·布维尔求婚。典礼上，三人受到了百货商店总裁乔丹·马什的接待，还获得了杰出贡献奖。韦伯的许多伙伴都认为他会“进军好莱坞”，对他的不满日益强烈。韦伯逐渐意识到这一点，也对那些利用彭德尔顿号救援为自己谋利的大人物感到不满。海岸警卫队中有一位领导知道韦伯目前的处境，那人就是约翰·H. 约瑟夫。他在福特·梅塞号救援中带领高仕利号展开行动，赢得了手下船员和海岸警卫队中所有人的尊重。调到伍兹霍尔后，他成了韦伯的领导。“他当时在船尾调度室指挥，大海狂怒，他却有勇气让救援船返回靠近油轮，好让上面的船员跳下来，”韦伯回忆说，“关键时刻，指挥官与士兵之间的差别就凸显出来了。指挥官约瑟夫会把我叫进办公室，关上门，让我坐下来谈一谈。”救援后，约翰·约瑟夫和韦伯都被海岸警卫队的公关机器利用。“我们都参加了救援，知道事情的来龙去脉。他很关心我和我的家人，给予我极大的支持和帮助。他是指挥官，是君子。他尊重普通士兵，清楚我们在任务中扮演的角色。”

其实，伯尼·韦伯也有自己的日程。他要确认兄弟们都获得了和自己一样的荣誉和奖励。1952 年 5 月 14 日，他和安迪·菲茨杰拉德、欧文·马斯克、理查德·利夫西在华盛顿短暂团聚。他们来到首都，领取海岸警卫队队员的最高荣誉——救援金奖。船员们再次相聚，非常高兴。能获得这么高的奖项，他们感到十分幸运，如果不是伯尼·韦伯坚持，他们永远不会拿到这个奖。救援结束后几天，韦伯被叫进博斯·丹尼尔·克拉夫的办公室接电话。

电话另一头是海岸警卫队总部的官员，他先祝贺韦伯救援成功，然后通知他获得了救援金奖。

“我的兄弟们呢？”韦伯问。

“他们将获得救援银奖。”官员回答。

韦伯顿时火冒三丈。“这样做太不像话了，”他冲着听筒喊道，“他们也在现场，也和我一样完成了危险的救援。要是他们得不到金奖，这奖我也不要了。”

看到他的手下和长官这样讲话，克拉夫非常紧张。“你是认真的吗？”那位官员也吓了一跳，问韦伯。

韦伯说是认真的，还给出了自己的原则——如果他的船员得不到金奖，谁也别想得。

海岸警卫队官员接受了韦伯的最后通牒，因为他们清楚如果此时拒绝这位新英雄，自己将迎来一场公关噩梦。尽管几个人都很珍视这个金奖，但最看重它的还是理查德·利夫西。拿到奖章的那一刻，利夫西马上想到了父亲奥斯瓦德，一位曾在美国海军服役二十余年的老兵。“父亲为我感到自豪，”利夫西的脸上洋溢着笑容，“他说在他那么多年的海军生涯里，从未听说过这样的救援。”

救援金奖是美国军队当中历史最悠久的一个奖项。1876 年，这一奖项首次颁发给三个兄弟——哈伯德·克莱蒙斯、卢西恩·克莱蒙斯和 A. J. 克莱蒙斯——他们 1875 年在伊利湖的凯利岛附近营救了失事纵帆船孔苏埃洛号上的两名船员。该奖可颁发给在美国境内海域或美国管辖海域实施救援行动的任何一名美国官兵。救援金奖的得主一般都是“冒着生命危险”实施救援的人。

即使对军队来说，这一奖项也极为珍贵。那些参与救援但没有达到获得金奖标准的人会获得救援银奖。银奖得主有切斯特·W. 尼米兹和乔治·S. 巴顿将军。尼米兹当时是海军中尉，E-1号潜艇指挥官。1912年，他因营救一名E-1号潜艇艇员获得救援银奖。因奖章很大，救援银奖一直是乔治·S. 巴顿最喜爱的奖章之一。1923年，他在马萨诸塞海岸附近冒着狂风营救了三名男孩。两年后，他获得救援银奖。巴顿将军当时只是陆军少校，刚从堪萨斯州莱利堡的高级骑兵学校毕业，正和妻子碧翠斯在贝弗利农场庄园享受三个月的假期。夫妇二人在塞伦湾附近航行，突然疾风大作，一艘小船瞬间倾覆。巴顿掉转方向，朝落水后紧紧抓着一艘渔船的三个男孩驶去。这位后来的“二战”英雄在桨手的帮助下，成功将三个孩子先后拉上船。

伯尼·韦伯或许永远无法企及乔治·巴顿和切斯特·尼米兹的名望，但此刻他将获得两位美国传奇人物曾梦寐以求的奖章。他和安迪、利夫西还有马斯克身着平整的蓝色海警制服，立正站好。财政部副部长爱德华·H. 福利把奖章别在他们胸前。救援金奖也颁发给了亚库塔特号巡洋舰指挥官威廉·R. 小凯利少尉，奖励他将两名福特·梅塞号幸存者从冰冷的海水中营救上来。但他的船员却只获得了银奖。金奖名副其实，奖牌由99.9%纯黄金制成，背后刻着“铭记在危险水域拯救生命的英雄事迹”。

海岸警卫队司令默林·奥尼尔中将发表演讲，向副部长、参加颁奖典礼的国会议员及其他嘉宾讲述了五名金奖得主和16名获表彰者勇救70人的事迹。他站在高高的讲台上，向大家介绍这些低调的英雄取得的成就。“2月18日和19日将永载海岸警卫队的史册，”他说，“那两天，一股东北风席卷新英格兰，严寒彻骨……风雪肆虐。科德角东部每小时70海里的狂风与60英尺高的巨浪猛击还没来得及驶进港口的商船。两艘大型油轮——SS福特·梅塞号和SS彭德尔顿号深受其害。虽然相距40英里，但两艘船都遭受了暴风雪的蹂躏……幸存者困在残破的船体上……84名冻僵的幸存者似乎没有生还的希望。今天，我们相聚在一起，表彰参与福特·梅塞号—彭德尔顿号救援行动的一些勇士。我之所以说‘一些’是因为他们的个人事迹非常突出，但我们也不能忘记与他们一起并肩作战的其他船员。没有这些船员的技术、勇气和奉献，整个救援任务无法完成。”接着，中将把目光转向获奖者，“这21名勇士参与了四个不同的救援行动，面临各自不同的情况。但每个行动都十分危险，失事船只像软木塞一样在惊涛骇浪中摇摆不定。这些勇士在刺骨的海水中执行任务，数小时没吃东西……每个海浪都可能夺去他们的生命。”

救援银奖获得者：

保罗·R. 布莱克，二类轮船驾驶员，匹兹堡人

吉尔伯特·E. 卡迈克尔少尉，达拉斯人

爱德华·A. 梅森，实习水手（三等兵），马萨诸塞州梅纳德人

韦伯斯特·G. 特威利格，水手，洛杉矶人

海岸警卫队表彰绶带授予以下勇士，奖励他们值得特别赞誉的英勇事迹、突出成就和卓越功勋。

安东尼奥·F. 巴莱里尼，三级临时副水手长，东波士顿人

唐纳德·H. 班斯，总副水手长，马萨诸塞州查塔姆人

理查德·J. 西科恩，水手，罗得岛州普罗维登斯人

约翰·J. 科特尼，三级副水手长，费城人

约翰·F. 邓恩，一级轮船驾驶员，罗得岛州罗克维尔人

飞利浦·M. 格雷贝尔，一级无线电话务员，缅因州波特兰人

埃默里·H. 海恩斯，一级轮船驾驶员，马萨诸塞州坎布里奇人

罗兰·W. 霍夫特，三级机枪手，宾夕法尼亚州伯利恒人

约翰·H. 约瑟夫，海军少校，缅因州南波特兰人

尤金·W. 科普西科，实习水手，底特律人

拉尔夫·L. 奥姆斯比，总副水手长，马萨诸塞州奥尔良人

丹尼斯·J. 佩里，水手，缅因州波特兰人

唐纳德·E. 皮茨，水手，密苏里州堪萨斯人

阿尔弗雷德·J. 罗伊，一级副水手长，马萨诸塞州楠塔基特岛人

赫尔曼·M. 鲁宾斯基，实习水手，纽约州布鲁克林人

对伯尼·韦伯的嘉奖还远未结束，这让他感到十分不安。1953 年，在巴尔的摩举行的典礼上，他被单独授予美国退伍军人协会英勇勋章。这次，韦伯独自站在领奖台上，没有和兄弟们一起。所有奖章的重量加在一起，给韦伯的精神上造成了巨大的压力，名声大作已经让他无法忍受。他渴望回归正常的生活，渴望自己获得的奖励只有妻子米里亚姆的爱和兄弟们的尊重。

第二十章　未结束的油轮故障

我们从历史中学到的经验就是一无所获。

—— 乔治 · 萧伯纳

尽管海岸警卫队开展了详细的调查，给出了一系列改进建议，但还是有油轮像彭德尔顿号和梅塞号一样裂成两半。例如，1975年，斯巴达淑女号在玛莎葡萄园岛南部开裂；1977年，切斯特·A.波林号在马萨诸塞州格洛斯特附近遭遇同样的命运。但6年后发生的一起事故却将航运公司只顾利益而置船员安全于不顾的邪恶嘴脸揭露无遗。该起事故造成31名船员在弗吉尼亚附近冰冷的海水中溺水身亡。1983年2月，605英尺长的散货船海电号载有27 000吨煤从弗吉尼亚的诺福克出发，前往马萨诸塞州萨默塞布雷登角的新英格兰发电厂。海电号1944年建成时，是一艘T2型油轮，1962年改造成运煤船。1983年，它已经39岁，是轮船标准报废年限的两倍。这艘年老的轮船问题百出。船体焊接不牢，舱口状况不佳。经过将近40年的海上颠簸，舱口盖磨损严重，一名船员在上面发现了90道裂缝。

1982年，舱口盖生产商曾警告轮船所有者海上运输公司，磨损的舱盖存在安全隐患，但海上运输公司并未对舱盖进行检查。《费城调查报》记者罗伯特·弗郎普对事故的报道收录在他2001年出版的著作《等待大海给予自由》中。根据报道，轮船所有者与检查人员关系密切，因而轮船可以在缺少监管的情况下长期服役。得知政治和利益参与其中，一名船员鼓起勇气发出警告。就在事故发生前一个月，大副克莱顿·巴比诺还提醒海岸警卫队问题的严重性。他请求官员检查海电号，轮船随即被送到罗得岛州修理厂。巴比诺指出了甲板上的裂缝问题，还要求检查磨损的舱口盖。但由于不知名的原因，他的警告却未能奏效。结果，锈迹斑斑的轮船在距弗吉尼亚如迪水湾附近水域裂为两半，31名遇难船员中也有克莱顿·巴比诺。

海电号失事几个小时前，船员接到海警遇险信号，命令海电号前去营救困在暴风雪中的65英尺渔船西奥多拉号。刚刚经过西奥多拉号的海电号不得不在猛烈的暴风雪中原路返回。在驶向西奥多拉号的途中，海电号不断遭受20到40英尺巨浪的冲击。

到达事故现场后，船员看见一架海警直升机盘旋在渔船上空，向下运送水泵，帮助渔夫把溢满渔船的海水抽出。看起来，西奥多拉号很快就能重新航行了。不过，海岸警卫队还是命令海电号在事故现场再待几个小时。船长菲尔·科尔听从了命令，但仅 1 小时后，他就改变了注意。海上的情况越来越恶劣，巨浪不断冲击船体，横扫甲板，击碎舱口盖。如果这是一场拳击比赛，海电号就是在紧紧抓住绳子，等待结束铃声响起。下午 6 时 30 分，科尔船长给海岸警卫队发送消息，称轮船在海上颠簸剧烈，如不尽快开动，后果不堪设想。西奥多拉号船长说水泵抽水效果好，海电号可以离开。海岸警卫队也给出了相同答复。海电号再次出发，向 322 英里外，航程 32 小时的马萨诸塞州南部海岸驶去。

海电号像冲击槌一样，在滔天巨浪中穿梭。第二天一早，船员发现船首向下俯冲，扎进海浪之中。菲尔·科尔船长不久前刚上任，从未驾驶海电号在如此猛烈的暴风雪中航行过。轮机长和有经验的船员都断定，轮船一定遇到了麻烦。船员发出遇险信号后，准备好救生艇。船长想再次尝试将船驶进特拉华湾。和切斯特·A. 波林号船长一样，科尔把几个油舱注满水，希望能让遭受重创的轮船保持平稳。船员们努力行动，但一切为时已晚。狂风已移向东北，海浪也越上了甲板。

菲尔·科尔船长下令将所有船员叫醒，在救生艇上集合。船员们都穿着厚重的衣服。他们听从船长的命令，但却认为短期内他们不会弃船。他们打开救生艇，收起外罩，相信过一会儿就会再次将它们放回。海电号行驶缓慢，减速至每小时 1.5 海里。这样的速度下，科尔船长还能调整舵盘，在 10 度范围内控制航向。但船首下沉得更深了，前甲板已被六英尺厚的翻滚的海水覆盖。巨浪冲击 3 号舱口，船员却难以判断磨损的舱口能否承受压力，因为它们完全淹没在海水之中。凌晨 4 点，菲尔·科尔再次向海岸警卫队发送消息。“船马上就要倾覆了，”他说，“右舷情况堪忧。”

无线电话务员接收到两艘船的消息，飞奔到船桥上。情况不妙。两艘船需要几个小时才能到达事故现场。科尔清楚，海电号坚持不了那么长的时间。轮船现在位于弗吉尼亚钦科蒂格岛东部 30 海里附近，吃水 120 英尺，向右舷方向倾斜 10 度。船舵已完全失灵，船长让舵手离开驾驶舱。4 时 10 分，海岸警卫队通知船员，一架救援直升机正前往事故地点，预计半小时后到达。3 分钟后，菲尔·科尔船长告知警卫队，他和船员将弃船逃生。4 时 14 分左右，警卫队接到船长发出最后一条消息：“我们马上弃船，我们马上弃船！”

离开船桥前，三副吉恩·凯利拉响弃船报警信号，却没有拉响通用报警信号。船员忙着准备右舷救生艇。突然，海电号猛地转了个弯，把许多船员甩进冰冷的海水中。“落水时，我抬头看见科尔船长在甲板上，想要翻越栏杆，跳入水中，”三副后来回忆，“那是我见船长的最后一面。”巨轮瞬间倾覆，带着剩下的船员一起沉入水中。大副鲍勃·卡西克说当时的声响就像水从浴缸中涌出，再放大十亿倍。“我挣扎着向上游……我当时就在轮机舱，灯还亮着……我看到舷窗，就游了过去……我钻出水面，深吸一口气，看见不远处的烟囱。看起来它仅露出水面一点儿。我开始向外游。”

鲍勃·卡西克和其他两名船员成功爬上一艘救生筏。其他幸存者紧紧抓住救生圈，在 26 英尺深的海浪中浮沉。但慢慢夺去他们生命的不是汹涌的波涛，而是零度左右的水温。黑暗中，这些船员大声讲话，互相保持联系。他们坚持了几分钟，然后声音越来越小。30 分钟后，海岸警卫队的直升机赶到时，救生圈上的 6 人中，仅有 1 人幸存。

最终，仅有包括鲍勃·卡西克和吉恩·凯利在内的三人在海电号船难中生还。事故现场打捞出的 24 具尸体中，大多被石油覆盖。经法医鉴定，多数死难者死于严重低温。

海电号船难造成总共 31 人死亡，包括菲尔·科尔在内的其他七名遇难者失踪。这是一起严重失职的责任事故。虽然没有个人对本次事故承担法律责任，但这场灾难却推动了海运史上最为彻底的改革。海岸警卫队的检查更加严格；70 艘战争结束后继续服役 40 年的“二战”时期油轮报废。海岸警卫队建立救援游泳者项目，帮助船员掌握极端情况下的水中救生技能。项目还要求所有油轮冬季在北大西洋水域航行时，为船员配备防寒衣。合成橡胶面料的防寒衣能有效防止海水浸入，帮助幸存者在等待救援时免遭低温的威胁。

彭德尔顿号船首和船尾两部分遗骸停在马萨诸塞州查塔姆沿岸将近 26 年，提醒船员们大海的残酷。千百年来，大海慷慨馈赠，也不断索取。接受赠予的代价是被大海吞噬的人和他们的家人的苦难。像其他 8 名遇难船员的亲属一样，船长约翰 · J. 菲茨杰拉德的家人一直想不明白，给予他们无限财富的大海为何从他们身上拿走的更多。但船长的家人并不排斥见到遗骸。船难后的几年时间里，菲茨杰拉德的遗孀，玛格丽特无数次带着四个孩子驱车从 87 英里外的罗斯林达来到查塔姆参观彭德尔顿号遗骸。玛格丽特用这样的方式让丈夫永远活在孩子们的心中。他们的儿子，菲茨杰拉德三世非常喜欢查特姆，还决定把它当作“家”。后来，他在查塔姆成家立业，而他的儿子听从大海的召唤，在许多年前带走祖父生命的那片水域捕鱼为生。

人们一直尝试打捞彭德尔顿号淹没部分，因为上面有价值 6 万美元的废金属。但环保人士担心，打捞会导致油轮意外漏油，污染当地海滩，危害野生动物。时任美国参议员的约翰·F. 肯尼迪坚持，任何打捞行动必须得到海岸警卫队和美国陆军工兵部队的双重许可，并在其监督下才能实施。

美国陆军工兵部队在沉没事故遗骸中扮演了主要角色。恶名昭著的 78 年暴风雪把彭德尔顿号的水上遗骸击碎。船尾淹没于水底，遗骸因此给船舶航行构成了威胁。承包商在陆军工程兵行动前将裸露于水面的大部分船体削去，随后陆军工程兵将船体整个炸毁，掩埋在莫诺莫伊三海里外的地方。

第二十一章　救援之外

人们只关注我们获得的名声，只有上帝和天使知道我们的品德。

——托马斯·潘恩

和所有伟大的故事一样，彭德尔顿号救援的故事脍炙人口，经久不息。人们称伯尼·韦伯、理查德·利夫西、安迪·菲茨杰拉德和欧文·马斯克为“金牌救生员”。他们不仅是下一代海岸救援队员心目中的英雄，更是不朽的传奇。1952 年 10 月，乔治亚州人拉尔夫·莫里斯辞去在花生农场的工作，到海岸警卫队谋生。他很快就听说了韦伯等人的英雄事迹。“他们的事迹在新泽西梅角的训练营流传，”莫里斯回忆，“我们读有关这些人的故事，听教官讲述他们的事迹。这些英雄就是我努力的目标。”但莫里斯他们只看到了“金牌救生员”获得的荣誉，没有发现韦伯和兄弟们对彭德尔顿号遇难船员乔治·“迷你”（蒂尼）·迈尔斯的愧疚之情。

蒂尼·迈尔斯的死对韦伯的打击尤其大。1952 年 2 月那个艰难的夜晚，韦伯眼睁睁地看见死亡一步步逼近迈尔斯，看见他双眼中恐惧的神情。他在脑海中一遍遍地回放救援时的情形，思索自己当时可以做些什么，避免碰撞发生，迈尔斯也就能免于一死。大家都劝他，当时波浪翻滚、风雪肆虐，灾难的发生不可避免。人们还提醒韦伯，是他在营救 32 名幸存者的行动中扮演了重要角色，如果没有他，这 32 人也会遇难。他或许能从自己的功绩中得到安慰，但只是在一定程度上。时常在梦中呼唤韦伯的不是幸存下来的人，而是那个他未能拯救的人。

海岸警卫队员拉尔夫·莫里斯慢慢意识到韦伯心中的这个结。1953 年冬天，莫里斯被调到普罗温斯顿沿岸的比赛点救生艇站。在那儿，他听到了传奇人物伯尼·韦伯更多的事迹。这些故事让这位来自乔治亚的年轻人因穿着海岸警卫队制服而倍感自豪。而实际上，正是这身制服让莫里斯明白了一个残酷的现实，那就是胜利有时也伴随着悲剧。“我记得那天我走进海恩尼斯的清教徒服装店，一位女士带着个小男孩正好要出门，”莫里斯操着浓重的南方口音说，“小男孩停下，上下打量着我。那天我穿着海警队的制服。他问我是不是海警队员，我说是的。接着他问我认不认识伯尼·韦伯，我说不认识，但听说过他。小男孩接下来说的话让我大吃一惊。他说：‘我恨那个人。’我问他为什么，男孩回答：‘他杀了我爸爸。’”

男孩的妈妈告诉莫里斯她的丈夫是彭德尔顿号的船员，在事故救援过程中失踪了。乔治·“迷你”（蒂尼）·迈尔斯的遗孀和孩子现在就在拉尔夫·莫里斯的面前。莫里斯有驾驶36英尺救生艇的丰富经验，小男孩毫无根据的指责令他惊诧不已。他耐心地向小男孩解释，他爸爸的死只是一个意外。“我试着告诉他，风浪猛烈到能让轮船裂成两半，这种情况下，让救生艇保持平稳几乎是不可能的。”莫里斯不知道他的解释是否起到了效果，或者男孩的思想已经形成，难以改变。而对于迈尔斯的遗孀，莫里斯说很难判断她对韦伯的情感。几年来，莫里斯一直与韦伯单独会面，1955年伯尼·韦伯接管比赛点站，他在韦伯手下工作后也是如此。他们之间的友谊越来越深厚，莫里斯终于觉得可以和自己具有传奇色彩的良师益友谈论这个话题了。“慢慢了解伯尼后，我告诉了他我和蒂尼·迈尔斯儿子的对话。伯尼向我讲述当时的情形。他非常激动，仿佛一切就发生在昨天。他说迈尔斯身材魁梧，没穿外套和救生衣，抓住他，把他拉上救生艇是不可能的。”

接管比赛点前，韦伯还在查塔姆服役过一段时间。现在，他和米里亚姆已经有一个儿子和一个女儿。他们在伊斯特汉米里亚姆姐姐家旁边建了一座房子。这是韦伯第一次在一个社区定居下来。将近 10 年来，他一直过着海岸警卫队居无定所的生活，所以定居带给他一种全新的体验。在查塔姆，韦伯和拉尔夫·奥姆斯比重逢。两个人分享了其他人很难想象的经历。彭德尔顿号和福特·梅塞号出事那天，拉尔夫·奥姆斯比驾驶 36 英尺的救生艇驶出楠塔基特岛。韦伯认为，奥姆斯比经受的考验比自己经历的更加严酷，因为楠塔基特岛距离更远，附近的水域更加危险。

韦伯也与老朋友 CG36500 号重新熟悉起来。CG36500 号救了韦伯、他的兄弟们和彭德尔顿号幸存者。现在，他还要依靠这艘“36 英尺的老朋友”去拯救另一个生命。1955 年冬季的一天，阳光明媚但疾风劲吹。海面波涛汹涌，当地渔船队晨捕后匆匆返回。巨浪翻滚，猛烈地拍击着查塔姆浅滩。韦伯早就知道，查塔姆浅滩性如烈火，与其他水域大不一样。它好像有生命，会呼吸，能思考。即使风和日丽，浅滩也充满危险；这个狂风肆虐的下午，它显得更加阴险狡诈。只有一个渔夫安全回到港口。海岸警卫队得到消息称，另一艘船正朝查塔姆湾缓慢行进。韦伯知道这艘船的主人是性格温和的渔夫乔·斯特普尔顿。他还知道斯特普尔顿总是独自出海。所以，韦伯请求奥姆斯比派自己驾驶 CG36500 号找到斯特普尔顿，护送他安全回到查塔姆渔人码头。

拉尔夫·奥姆斯比同意了他的请求。韦伯召集他的船员。这些船员都是新面孔，都像拉尔夫·莫里斯一样，对他们有名的船长充满敬畏。伯尼·韦伯能力超群，但他深知，最高明的海员也不是查塔姆浅滩的对手。韦伯跳进救生艇后，望着波涛汹涌的海面，犹豫要不要向浅滩进发。他和船员得知，斯特普尔顿的渔船淹没在惊涛骇浪中，海岸警卫队灯塔已无法搜寻到它的位置。不过，韦伯相信他“36 英尺的老朋友”，他发动引擎，朝浅滩驶去。救生艇越过一个又一个滔天巨浪，船员都紧紧抓住栏杆。他们有些担心，不知前方迎接他们的会是什么，但韦伯却镇定自若，他曾在更凶险的情况下死里逃生。到达深水区后，船员扫视地平线，寻找失踪渔船的踪迹。过了一会儿，韦伯发现救生艇前部水域中有一个黑色的物体。那是乔·斯特普尔顿的船，但它已完全倾覆，漂在水面上。斯特普尔顿下落不明。韦伯抬头望了望天空，知道时间不利。天越来越黑，能见度也越来越差。

韦伯的双手离开了方向盘，但救生艇依然打着小圈儿正常运行。韦伯和船员考虑接下来的前进方向。“36 英尺的老朋友”自己向南前行了几分钟。韦伯还在思考，不太在意救生艇方向的改变，因为海面已趋于平静。救生艇继续向南行驶，一名船员忽然发现前方水面上有不明物体。韦伯再次抓住方向盘，继续向前行进，靠近漂在水面的物体。他看清了，那是斯特普尔顿渔船上的木制鱼饵桶。突然，又有一个物体漂了过来——是乔·斯特普尔顿，他抓着一件救生衣，在海浪中挣扎。

船员用钓竿把斯特普尔顿往救生艇上拉。他的眼睛睁得很大，身体软绵绵的。“他死了。”韦伯心想。过去救援失败的经历排山倒海般袭来，但这种失落感没有持续多长时间。几秒钟后，斯特普尔顿的身体恢复了生机。他又有了呼吸，甩掉救生衣，开始用力蹬腿。船员们把他拉进救生艇，用自己的外套裹住他冻僵的身体。到达查塔姆渔人码头后，救护车载上斯特普尔顿向医院疾驰。他因冻伤接受治疗，其他方面都正常。出院后，这位不善言谈的渔夫从未单独感谢过韦伯和他的船员。但韦伯知道，他心中的感激之情非常强烈，无须表达。他们也从不公开谈论这些，这是海上生活不成文的规定。韦伯坚信，自己并不是这次救援行动中的英雄，他的救生艇才是。谁能解释无人驾驶的 CG36500 号是如何带领船员找到乔·斯特普尔顿的？韦伯感到，又是上帝在帮助他们。

韦伯想把更多精力放在家庭上，但海岸救援队的工作让他十分忙碌。他先后在瑙塞特救援站、比赛点救援站和缅因州西南港口北部的救援点任职。在西南港口，他负责海岸救援队拖船。他还在楠塔基特岛的灯塔船上工作，随后又第三次回到了查塔姆。

1960 年，韦伯被任命为查塔姆救援站站长。与韦伯在查塔姆的第一个服役期相比，救援站的待遇好了许多。现在，救援人员每工作六天就可以休息两天。救援站里有电视，现在这台的款式比用彭德尔顿号幸存者给韦伯的感谢金买的那台新颖许多。站里还装了台球桌和其他娱乐设施，供救援人员闲暇时间休息放松。韦伯知道救援工作的压力很大，所以还时不时对兄弟们搞些恶作剧活跃气氛。但有救援任务时，大家还是会出色地完成任务。连续三年，韦伯领导的救援站都被海岸警卫队巡视员评为一级救援站，这让他感到十分自豪。

1964 年，在海警救援系统工作 18 年的韦伯准备退役。现在，他在伍兹霍尔救援站负责海警接应船珀因特 · 班克号。37 岁的他已经获得海岸警卫队第三高的军衔——二级军事长。警卫队对他很不错，让他与妻子经常会面，还让他发展其他恋情——与大海的恋情。但工作了将近 20 年，参加了无数次救援后，他觉得自己已经报答了救援队的恩情。韦伯和几个朋友正计划着在查塔姆经营自己的码头时，突然接到命令，他和他的警卫队队员们都要奔赴半个地球外的战场。时至今日，伯尼 · 韦伯还是不愿提起他在越南服役的那段往事。在那里，他目睹了战争的无情与残酷。作为牧师的儿子，韦伯觉得这段经历似乎有悖于自己的信仰。从越南回国后，他被派出伍兹霍尔，负责海警航标船角树号。1966

年，韦伯从海岸警卫队退役。

和伯尼·韦伯不同，欧文·马斯克迫不及待地想要离开海岸警卫队。兵役期限一满，他就“逃回”了陆地。他变了，而使他改变的是在CG36500号上经受的磨难。马斯克和妻子回到威斯康星州的马里内特县定居。他在市政工程部工作，从未想过再次回到海上。事实上，一想到大海，他就浑身发冷。“他不想接触水，什么水都不行，”马斯克的女儿安尼塔·阿文说，“叔叔要带他去捕鱼，他总是拒绝。”马斯克的家人只能通过他对水的恐惧推测他在彭德尔顿号救援中的苦难经历。他很少向两个孩子，安尼塔和马克提起那段往事。“小时候，有一次他拿出那块奖章给我看，”安尼塔回忆，“他很谦虚，只说他救了别人，所以得到奖章。”两个孩子不清楚父亲在1952年2月的那个寒夜到底经历了什么，直到一天晚上他们无意中在电视上看到电影《完美风暴》。“电影中，轮船（安德里亚·盖尔号）被甩到巨浪浪尖，”安尼塔说，“父亲静静地看着，很出神，好像在追忆着什么。突然，他转过头对我说，‘这就是当时的情况，一点儿不差。’”

另一名海岸警卫队队员在马斯克的家乡与他偶遇时发现了他背负的心理负担。这名队员名叫托尼·奥尼尔，几年前曾是海岸警卫队鲟鱼湾站的副水手长。服役期间，他在格林湾一家二手书店读过伯尼·韦伯的书《查塔姆：救生员》。这本书引起了奥尼尔的共鸣，他还惊奇地发现金牌救生员中也有一个威斯康星州人。托尼·奥尼尔买下了那本书，想着自己有一天可能会见到欧文·马斯克。缘分真得让两个人相遇了。“从警卫队退役后，我在马里内特县当警察，开始四处打听欧文·马斯克。”奥尼尔说。有人说他在市政工程部负责公共卫生工作。一天，奥尼尔来到军需品临时存放处找人修剪草坪。他看到有个开拖拉机的人，就走上前询问。“我问他，‘你认识一个叫欧文·马斯克的人吗？’他愣一下，‘认识，我就是马斯克。’”奥尼尔吃了一惊，一时不知所措。他告诉马斯克自己马上回来。“我火速开车赶回家，抓起那本书。”托尼·奥尼尔回忆。他回到存放处时，马斯克还在拖拉机上。“我递给他那本书，‘这本书应该属于你。’”马斯克拿起书，双手开始颤抖。他低头望着书，哭了起来。“我把那本书连同他的回忆一起留给了他，”奥尼尔说，“然后我就走了，知道自己做了件好事。”

安迪·菲茨杰拉德参加彭德尔顿号救援8个月后离开了海岸警卫队。他回到怀廷斯维尔镇，在怀廷机械厂工作。厂里的学徒项目使他有机会到伍斯特专科学校学习并且获得工程学专科文凭。大概也是在那段时间，他遇到了未来的妻子，马萨诸塞州阿克斯布里奇人格洛丽亚·弗拉波塔。“当时我21岁，她19岁，”安迪回忆，“我们是在朋友的婚礼派对上认识的，派对上，新娘和新郎都会收到朋友的礼物。”他们交往了三年后结婚。安迪·菲茨杰拉德的名字曾出现在全国各大报纸，但他的妻子却不知道他是名人。“我可能和她提起过彭德尔顿号救援，但她不知道事情的经过。”安迪的妈妈找出所有新闻简报。“看了简报上的新闻报道，格洛丽亚这才意识到，彭德尔顿号救援对丈夫的意义远比她想象的大。”

安迪·菲茨杰拉德的个人生活非常顺利，但他对职业前景却充满担忧，认为自己不适合做工程师。“在怀廷机械厂的绘图室里，我突然意识到自己并不想做这件事，”他说，“我会画图，但我不擅长。”安迪认为自己擅长销售。他是工程师，既懂工具又懂产品。他找了一份向新英格兰的工厂销售电动机和离合器的工作。他干得十分出色，老板提拔他为新开的丹佛经销店的经理，主要销售精密检测仪器。“经销店”其实只有他一个人，他让格洛丽亚来店里做兼职，夫妻二人过着平凡而幸福的生活。

彭德尔顿号救援后，理查德·利夫西和前任队长伯尼·韦伯一样，先后在许多不同的救援站工作。他先被调到瑙塞特，然后到伍兹霍尔，最后被派到石马灯塔船上。他还从海岸警卫队精英学校毕业，通过层层选拔成为总统安全巡逻队的一员，负责在海恩尼斯港保护约翰·F. 肯尼迪。“肯尼迪来到新英格兰地区时，我在 40 英尺长的护航艇中执行特别任务，”利夫西说，“总统会乘坐马林号或霍尼·菲茨号游艇。我在码头见过他好几次。他平易近人，亲切和善。”谈起第一夫人杰奎琳，利夫西也充满喜爱之情，“她总是那么和蔼可亲。这是个不错的差事。总统遇刺，我非常伤心。”

之后利夫西被调到科德角运河站，那儿的工作可没有在巡逻队时那么光鲜。他的主要任务是打捞从萨加莫尔大桥上跳下去的自杀者的尸体。1967年11月1日，理查德·利夫西从海岸警卫队退役。他和父亲奥斯瓦德一样，在海上工作了整整20年。退役后，利夫西在马萨诸塞州威明顿市的一家化工厂工作。1980年，他和妻子搬到佛罗里达。后来的10年里，他打了许多份零工，做过保安，也做过学校门卫。和许多服务人员一样，利夫西可能会被周围的人瞧不起。然而，很少有人知道这个挥着扫帚或坐在安检台后面的人，曾在美国历史上最著名的海上救援中做出过重要贡献。

第二十二章　修复 CG36500

凤凰从荒野天际飞过，却依旧无视命运的捉弄，于灰烬中浴火重生。

——塞万提斯·萨维德拉

1981 年 11 月

没有人注意它——这艘曾立下赫赫战功的救生艇，如今只剩下一个空壳。路过的人大多对它毫不在意。在意的人，要不就嫌它碍事，要不就认为它几年前就早该被拆毁。它的帆布已经腐烂，油漆也已斑驳脱落。松鼠和其他小动物在管线里安家，船舱顶部也因废弃多年磨损严重。CG36500 号被弃置在南维尔弗利特的科德角海滨公园一个维修车库后面，13 年无人过问。在沙子、灌木、低矮松树中间，这艘拯救过无数生命的小艇现在急需得到救援。

这个“36 英尺的老朋友”1968 年退役，接替它的是一艘新型 44 英尺长的双 180 马力柴油驱动全钢制救生艇。虽然“老朋友”依然可靠，但“新伙伴”更快，能运载的乘客数也是“老朋友”的两倍。许多 36 英尺的船都被销毁了，但这艘查塔姆救生艇却暂时免于死刑。CG36500 号金牌救生艇交由科德角海滨公园保管。刚开始，公园制订了多项大胆的计划保护它。公园负责人想依托救生艇修建一座小型博物馆。但由于缺乏资金筹划，这一项目化为泡影。现在，它成了占用政府资源的眼中钉。十几年来，CG36500 号夏季经受烈日炙烤，冬季饱尝雨雪冰霜。看管者甚至忘记给它盖上防护布，现在它的状况让人看了忧心不已。它曾拯救无数生命，如今却百无一用，难续传奇。如果不是一群当地人力争修复救生艇，重塑它昔日的辉煌，它的故事或许早已为人们淡忘，只在传说中才能寻觅得到。

这群当地人由自由电视摄影师比尔·奎因领头。他的老朋友迪克·凯尔西曾拍摄彭德尔顿号救援的照片。这些照片镌刻在所有依然记得金牌船员的人的记忆之中。奎因和儿子参加海滨公园举办的二手汽车拍卖会时第一次见到 CG36500 号救生艇。当时他正寻找一辆结实的汽车。这辆汽车要有宽敞的空间，能装下摄影设备，还要有一个强大的发动机，能让他快速报道重大事件。他查看一辆辆吉普、卡车……突然，一艘破旧的救生艇吸引住了他的眼球。奎因曾是一名海军，非常喜欢小艇和轮船，所以看到这艘救生艇立刻产生了兴趣。他走过去仔细查看，发现艇首已经褪色的编号。奎因急忙招呼儿子过来，难以抑制自己激动的心情。“天啊，快看！”他指着“CG36500”说，“这就是那艘救了无数人的小艇。”买车的事已经不重要了，比尔·奎因知道，自己来这儿是有其他的任务要完成。看见这艘具有历史意义的救生艇竟无人照看，他感到十分震惊，心中立刻涌现出一个计划——他要修复这艘救生艇。不过，问题是，它还能否修复？

比尔·奎因请来在瑙塞特海军专门负责轮船维修的朋友检查救生艇。朋友拿着冰锥敲救生艇，从艇首一直敲到艇尾。如果小艇已经腐烂，奎因修复它的希望也就破灭了。不过，他的朋友惊奇地发现，虽然看上去破敝不堪，这艘木制救生艇却几乎没有腐烂，只有引擎舱和尾部的牵引杆有些问题。粗糙的外表下，CG36500号依然状况良好。奎因感谢海滨公园多年来一直保管着救生艇。虽然它其实被弃置在外，但因为是政府财产，所以没有人敢肆意毁坏。是的，这艘立下赫赫战功的救生艇可以修复。不过，比尔·奎因清楚，这项任务，单靠他一己之力难以完成。

他先找到查塔姆历史学会，询问他们是否愿意做救生艇修复工作的监护人。尽管救生艇具有重大的历史意义，但学会成员担心，修复和保养这艘破旧的小艇意味着掉进“投钱”的无底洞。

“维修费和保养费谁来掏？”他们问。如果科德角海滨公园同意出让救生艇，临镇的奥尔良历史学会就会接收。这样，查塔姆的损伤就变成了奥尔良的收获。比尔·奎因与政府官员会面。政府同意转让救生艇，但必须以长期贷款的形式。奎因对政府紧追不舍，直到政府将救生艇的所有权转让给自己。他将救生艇转让给奥尔良历史学会，然后招募当地工匠，启动修复救生艇的重大工程。奎因从不缺愿意为修复任务做贡献的志愿者。对查塔姆、奥尔良和哈里奇的人们来说，这艘小小的救生艇不仅是个传奇，也是科德角精神的代言人。坚韧、可靠不仅是救生艇的特点，也是当地人的品格。他们吃苦耐劳，将生命镌刻在美国最东端这片风急浪高的沙滩上。

1981 年 11 月一个寒冷的早晨，一小群人聚集在海滨公园，见证救生艇的重生。他们聚精会神地望着，一辆大型起重机把救生艇从吊艇架上高高举起，将它从 13 年的沉睡中唤醒。平板货车把小艇运送到奥尔良芬德利路上的赫尔希克勒切修理厂。那里的志愿者很快意识到要完成修复工程，他们需要付出大量辛劳。工程计划五到六个月完成，这意味着几千个小时的劳动。时间表公布在社区报纸上，志愿者们一周七天轮班工作。整个社区团结一心，为了共同的目标努力。志愿者的年龄跨度很大；无论年轻人还是老年人都与 CG36500 号有着这样或那样的情结。一名志愿者记得小时候在巴斯河遇险时，是 CG36500 号把他们的船拖上岸的。而现在他们正应该报答它的恩情，保存片片漂浮的记忆供后人回味。

修复工程的第一项任务是检查救生艇的发动机是否还能使用。发动机舱严重变形，发动机却仍能正常运转，只是需要好好整修一下。这个 GM-471 型号发动机被取出由轮船运往波士顿，交给海洋机械师免费维修。发动机的起重机轴得到修理，汽缸、连杆和轴承也都换成了新的。救生艇上的每一个螺丝都要被取出，换成大的。工人用刮刀去除残留的油漆，再用砂纸磨光表面，露出木头，然后将侧面和底部粉刷一新。一天晚上，这些工作差点儿引发火灾，奥尔良消防队员还赶到了修理厂。一个燃油器发生故障，大家都担心救生艇会燃起大火。万幸的是，除了表面沾染油污外，救生艇并无明显损坏，而油污也很快被清理干净了。

志愿者们忙着修复救生艇时，比尔·奎因也在处理一项同样困难的任务，那就是为工程募集资金。他联系到了《科德角时报》的记者，让他写了一篇有关救生艇修复工程的文章。很快，他们急需的资金开始涌来。查塔姆历史学会也投入相应资金保证项目顺利进行。奎因团队共募得资金一万美元以及相同价值的物资来实现他们的梦想。

六个月后，志愿者们终于完成了目标。救生艇得到完全修复，重绘在艇首的“CG36500”编号格外显眼。现在是时候看看“36英尺的老朋友”还能否下海航行了。救生艇重航仪式在奥尔良瑞克港正式举行。今天，CG36500 号就停放在瑞克港。这艘著名救生艇的重航仪式怎能没有同样著名的艇长出席？伯尼·韦伯请了假，开车和米里亚姆一起从佛罗里达的家中来到科德角。50 年前那个可怕的夜晚，这艘小艇救了自己和许多人的生命。50 年后，韦伯再次与她团聚。

CG36500 号救生艇至今仍是鲜活的博物馆，供科德角救生员参观。她全年待在水中，冬天储藏在奥尔良礼拜堂的池塘里。夏天，她离开瑞克港，参加各种船艇展览，向新英格兰的年轻一代讲述自己的传奇故事。现在驾驶救生艇的是奥尔良历史学会会员皮特·肯尼迪。他致力于让 CG36500 号精神和金牌救生员精神永葆青春。每当他一个人驾驶救生艇航行在八到十英尺的海水中，他都不禁想起伯尼·韦伯、安迪·菲茨杰拉德、理查德“群牛”利夫西和欧文·马斯克。“他们见过七倍高的风浪，”他感叹，“那么恶劣的条件下，他们还能出色完成任务，太不可思议了。那些年轻人取得了多么伟大的功绩！”

后　记　他们也曾年轻

老朋友需要时间积淀。

——约翰·伦纳德

彭德尔顿救援后，伯尼·韦伯有时会和理查德·利夫西在科德角见面，但他们谈论的主要是父母妻儿。有一个话题是两个人从不去触碰的，那就是在查塔姆浅滩度过的那几个小时——海面波涛汹涌、狂风肆虐，他们一起挤在那艘木制小艇中与死神搏斗。韦伯一开始有些抵触举行金牌救生员50周年聚会的想法，他不想重温过去。聚会上，他会是大家关注和称赞的焦点，这让他感到羞愧，也有一点儿害怕。朋友和陌生人赞誉他的英勇行为时，他担心有关蒂尼·迈尔斯之死的黑暗记忆再度重现。他准备好面对那段记忆了吗？他还担心这样的活动会给海岸警卫队带来不好的影响。韦伯可能觉得，救援结束后的几个月，他被海岸救援队利用，出席了无数场公关活动。不过，他也清楚，警卫队待他不错。他不想参加任何有损他毕生事业的活动。组织方向韦伯保证，聚会很高雅，不会有任何哗众取宠的事情发生。

韦伯还想确定他的三个兄弟是否参加聚会。没有全部四位勇士到场，任何活动都不能称为“金牌救生员聚会”。自从1952年韦伯差点儿拒绝接受金牌救援奖章开始，他一直在为他的三位船员争取公众的认可。虽然已经过去多年，但韦伯还是不愿提起金牌救生员颁奖典礼。典礼没有邀请米里亚姆，其他船员的亲属也都没有获邀参加。他告诉组织方这次聚会一样要邀请船员的家人。组织方答应了韦伯的要求，还承诺支付船员亲属往来的交通费用。

欧文·马斯克也有自己的顾虑。一年前，他刚做完膝关节置换手术，长时间站立会给身体造成压力，他知道，这样的聚会上，长时间站立是免不了的。而且，和韦伯一样，他也知道，聚会一样会唤起他对那次救援行动的记忆。几十年来，马斯克一直不愿触碰那段记忆。他的女儿安尼塔·阿文说，父亲从来不去想救援的事，他对整个事情漠不关心。不过，安迪·菲茨杰拉德和理查德·利夫西很乐意参加这次聚会。波士顿海岸警卫队一区行动总指挥W·拉塞尔·韦伯斯特上尉带头筹备聚会。他成功联系上 SS 彭德尔顿号的船员和幸存者。多年前那个寒冷的夜晚，查尔斯·布里奇斯被救援人员救起。当时，他才 18 岁。现在，他结了婚，生了个女儿，还在家乡佛罗里达州北棕榈滩有一片 20 英亩的农场。

2002 年 5 月 12 日，聚会庆祝活动在波士顿北城的水手之家举行。聚会的一位组织者特雷莎·巴伯在她 2007 年出版的著作《科德角之殇——彭德尔顿号船难》中提到，几位救生员刚一见面还有些尴尬。他们或许通过几次电话，但几十年来从未见过面。他们也曾年轻，也曾时刻准备为工作、为他人、为内心坚守的单纯信念奉献自己的生命。如今，他们都已进入暮年，年龄增长了，智慧也在增加。他们早已把那次救援放在身后，将它只看作人生这本书中普通的一章，而不是最重要的时刻。毕竟，人这一生要经历的太多，有结婚生子的喜悦，也会有白发送黑发的忧伤。不过，一聊起天儿来，他们立刻觉得彼此还像几十年前一样亲密。

对伯尼·韦伯来说，最激动的时刻是见到欧文·马斯克的时候。马斯克只能勉强站起来，但还是忍着疼痛微笑。马斯克一直在伯尼心中享有特殊的地位。他本来没有义务参加那天的绝命行动，他不需要效忠韦伯和他的船员；他当时只是来查塔姆救援站想搭便船回到灯塔船上。普通人可能默不作声，只顾自己的事情，避免摊上麻烦，但马斯克不是那样的人。现在50年后，是韦伯道谢的时候了。他走过去，用嘶哑的声音叫了声“欧文”，兄弟二人含泪拥抱。见此情景，安尼塔·阿文感觉自己的眼角也湿润了。因为父亲从未向安尼塔详细说过那个可怕的夜晚到底发生了什么，所以这次聚会让她大开眼界。“父亲总是说那没什么大不了的，”阿文回忆，“他说那是他的工作，他只是做了自己该做的事。但当我在聚会上得知故事的真相后，我对父亲和其他三位救生员肃然起敬。”

聚会持续了七天时间。欢迎宴会在水手之家举行。随后，大家来到波士顿海岸警卫队基地参加午餐会。最后，聚会以重游查塔姆结束。每一个活动都经过精心组织，活动的每一分钟都有安排。庆祝活动在参观CG36500号时达到了高潮。登上小艇时，大家的脸上都洋溢着灿烂的微笑，只有一个人有些犹豫。“我们为什么要登上这艘救生艇？”欧文·马斯克问他的女儿。从海岸警卫队退役后，他竭尽全力远离水，现在却要登上一艘救生艇。这艘小艇救了他，但也让他几十年遭受噩梦的折磨。马斯克在救生艇里坐下，没有告诉任何人他的感受，独自迎接将要发生的一切。虽然已是5月，但天气仍有寒意，海风依旧猛烈，水面波浪起伏。不过，即使是这样的天气，也是船员们最后一次驾驶小艇执行任务时最期待的。他们离开查塔姆码头前往海港。彭德尔顿号幸存者查尔斯·布里奇斯望着整齐地排列在海港中的小艇。两位年轻的海岸警卫队官兵守在CG36500号旁边，时刻准备处理可能发生的意外。

那天没有发生任何意外。伯尼·韦伯和从前一样，站在舵盘后。CG36500号一侧是两艘44英尺长的摩托救生艇，另一侧是一艘27英尺长的冲浪救生艇。救生艇上年轻的警卫队队员，自豪地看着这一切，心中知道自己有一天也要面对残酷的考验。

附　录

当时，彭德尔顿号和梅塞号救援是海岸警卫队实施的最大规模救援行动。后来，1980 年的普茵斯丹号巡洋舰救援和 2005 年的卡特里娜飓风救援超过了二者。不过，彭德尔顿号和梅塞号救援依然是美国航海历史上包括小型船只和冲锋艇小船和接应船参与最多的外海救援。

唐纳德·班斯

唐纳德·班斯已经去世，但伯尼·韦伯没有忘记他，还特别强调班斯和他的船员在救援中的遭遇比自己遇到的情况还要糟糕。梅尔·古斯补充道："我很同情班斯和他的船员。他们驾驶 36 英尺的救生艇与暴风雪战斗了好几个小时，回来的时候浑身湿透，冻得差点晕过去。我问他有没有救上来人，唐纳德只是摇头。"彭德尔顿号救援后，唐纳德·班斯又在海岸警卫队度过了辉煌的30年。

班斯的家人提到，虽然唐纳德很少谈及那次救援，但他们知道，在就要把彭德尔顿号船员救上来的时候，看着他们被巨浪吞噬，一定给他留下了很大的阴影。

比尔·布利克利

救援结束的那天晚上，当我想到梅塞号船首遇难的船员时，我不禁思考："如果事故晚发生几年，他们就能被直升机救上来了。现在，虽然还没有大范围应用，但直升机已经在海上救援中发挥了极大作用。"布利克利还有重要的建议想对水手们说："梅塞号船难教会我一个道理：待在船上，能待多久待多久。大海从不容忍错误。"

查尔斯·布里奇斯

查尔斯·布里奇斯现在生活在佛罗里达。在彭德尔顿号船难中被韦伯和船员救起后，他加入海岸警卫队。在警卫队服役的多年时间里，他从未与韦伯有过接触。退役后，他在一艘研究船上工作，无意中提到自己是彭德尔顿号船难的幸存者。研究船上有船员认识伯尼·韦伯，布里奇斯向他们要了他的电话号码。给韦伯打电话时，他才得知自己和韦伯都要同时到卡纳维拉尔角去。

两人决定在那儿见上一面，而这也是救援行动后他们第一次相见。韦伯登上研究船，两人紧握着手。布里奇斯说："跟我来。"布里奇斯带韦伯和研究船船长见面。他这样向船长介绍韦伯："这是我35年前的救命恩人。"

吉尔伯特·E. 卡迈克尔

"彭德尔顿号和梅塞号带给我最大的影响是，我很早就学会了如何应对危机。我知道船翻了我们都会死，但当时我们只想着救人，早就忘了自己的安危。我很自豪，自己年轻时，面对应该做的事情，没有犹豫。我更加自信，也很庆幸自己经受住了考验。"

梅尔·古斯

梅尔·古斯一直在海岸警卫队服役，先后担任军事长、一级准尉，退休时是海军少校。颇为讽刺的是，他的最后一次海上之旅竟是调查海事事故的伤亡人数。

约翰·H. 约瑟夫

曾在高仕利号上与约瑟夫船长并肩作战的船员，也就是锡德·莫里斯和约翰·米拉保尔他们，给予他高度赞扬。作者调查时，这些船员一次又一次地惊叹约瑟夫让接应船靠近梅塞号船尾的英明决断。

理查德·利夫西

利夫西2007年12月28日去世。他说自己在查塔姆救援站度过的日子非常快乐，而快乐的源泉不是那次救援，而是他与兄弟们的友谊。

欧文·马斯克

欧文·马斯克2003年10月7日去世。去世前，他在家乡威斯康星州马里内特县做兼职校车司机。那天早上，他开车去接孩子们，经过校车停放点旁的铁轨时，心脏病突然发作，瘫倒在了方向盘上。“爸爸每天开车都会戴上海岸警卫队队帽，”安尼塔·阿文说，“只有那天没戴，或许他知道自己回不来了。”

锡德·莫里斯

锡德写了一篇讲述对梅塞号进行救援的文章，里面提到一位从梅塞号船尾跳到高仕利号上的幸存者：“一位来自罗得岛州的船员，他裹着毛毯，端着餐厅自制的浓咖啡，冲我喊着说：‘我在海上漂了20年，这次救援让我看到了最富勇气的海上壮举。’

其他船员很感激我们，也知道了我们制服上的盾牌的象征的意义。听到这些，我真的很满足。”

回想那次救援，莫里斯说：“海浪怒吼，轮船颠簸，嘎吱作响，那场面依然历历在目，就好像昨天刚刚发生一样。我很自豪，自己参与了那次激动人心的救援。我觉得那三天是我一生中最惊心动魄的时刻。”

埃德·桑普瑞尼

“后来我报道了海恩尼斯港口的肯尼迪夏日白宫。我对总统有了一些了解，他真是一位绅士。全世界的目光都聚焦在科德角，多么令人兴奋。”50年后，埃德·桑普瑞尼还在报道科德角的新闻。他的收音机时代已一去不返，但这位老新闻人还在为《科德角人》写专栏。

莱恩·惠特莫尔

“那两天让我印象最深的是，我接收到求救信号，做了一名无线电话务员能做的一切。有些话务员干了一辈子，从没接到过任何求救信号或遇险的消息。我很自豪自己做了力所能及的工作。那次救援教会我，只要想到，就能做到。这让我抓住了许多之前不敢尝试的机会，也帮助我度过了人生艰难的岁月。

那次救援后不久，我就结婚了，婚后八年，妻子因乳腺癌去世。我们有三个孩子，当时一个7岁，一个5岁，一个只有两岁。我独自一人抚养他们，直到7年后再婚。我和第二任妻子育有两个孩子。”

如果您有捐款意向或想获取更多有关金牌救生员和36英尺救生艇的信息，请访问 www.ch36500.org 或 www.myspace.com/finesthours.

致 谢

迈克尔·图加斯

写《怒海救援》前，我与凯西·谢尔曼从未谋面。我们都对彭德尔顿号和梅塞号的故事很感兴趣，一直默默做着研究。做研究时有人告诉凯西：“一位名叫迈克尔·图加斯的作家也在做这方面的研究。”凯西联系到我，提议我们可以合写一本书。当时，我正为调查研究感到头疼。所以，听到这个提议，我和凯西一拍即合。

那时，我已经开始研究海岸警卫队海事调查局对梅塞号和彭德尔顿号事故的调查材料。但警卫队的“福特·梅塞号和彭德尔顿号船难通信研究”也很重要，因为其中大量篇幅记录了救援过程中的每一条无线电消息。

我继续调查取证，阅读、复印了 1952 年起报纸上对这次事故的所有报道。一些写得非常精彩的文章刊登在《波士顿环球报》、《波士顿先锋报》、《科德角时报》、《纽约时报》、《波特兰新闻先锋报》和《普罗维登斯日报》上。报社记者是最先出现在码头上的人。他们采访救援人员和受救者，记录这些人说的话。有十几篇杂志文章也对救援做了引人入胜的描述，但更重要的是它们证明了此次救援在1952年是很有新闻价值的事件。当时，美国陷入了无休无止的朝鲜战争，这或许是彭德尔顿号和梅塞号救援为全国上下津津乐道的一个原因。这次有军队参与的事件拯救了许多人的生命，反映了协调一致、快速响应的作风，并且仅持续了几天时间就宣告结束。

后来，我读了伯尼·韦伯的著作《查塔姆：救生员》，了解到了许多报纸未能涉及的个人感受。另一本著作《从高地到锤头》中也有一章描写了彭德尔顿号和梅塞号救援。这本优秀著作的作者查尔斯·哈撒韦是位真正的绅士，不辞辛劳帮助我寻找救援行动的目击者。还有一些书中也讨论了这次救援，包括《航行者，小心》、《科德角船难》、《大海的守护者》和一本《海上救援》小册子。

掌握了大量有关此次救援的信息后，我开始追踪还在世的救援行动亲历者。伯尼·韦伯是我第一个要关注的人，向韦伯介绍了我的研究后我开始采访他。伯尼的态度非常友好，回答了有关救援行动的基本问题，还给了我理查德·利夫西和安迪·菲茨杰拉德的联系方式。我花了一天时间在理查德·利夫西在佛罗里达的家中采访了他，用录音机记录下了那次难忘的对话。（令人难过的是，理查德在我和凯西写完初稿的那天去世了。）我和安迪·菲茨杰拉德先通过电话和邮件联系，最后在马萨诸塞州我的家中见了面。伯尼、安迪和理查德都非常耐心：他们希望故事被原原本本、不带一点虚构色彩地被讲述出来。

研究刚开始，我就找到了梅尔·古斯。我采访的大部分人遍布美国各地，但梅尔却离我只有5英里远。梅尔还保存着几张当时他自己照的或是海岸警卫摄影师帮他照的照片，而且还能详细说出每张照片背后的故事。

彭德尔顿号幸存者查尔斯·布里奇斯也很耐心地接受我的电话打扰。他提供了与救援人员完全不同的视角，对理清整个事情的经过发挥了重要作用。我很庆幸查尔斯在彭德尔顿号船尾上命悬一线时，还能清晰地记录下自己的所想、所感和所做。

收集着这些人的故事，读着相关的报道和文章，我看到了这次救援中让人痛心的地方，比如，孤独的赫尔曼·加特林。人们在彭德尔顿号船首找到了他的尸体。他全身冻僵，没有别的办法只能用木屑和报纸抵御严寒。如果他还活着，他或许还能提供这次冒险故事缺失的主要情节：约翰·菲茨杰拉德船长和船首的其他船员遭遇了什么？然而，他独自离开了，或许当时他以为海岸救援队员不会冒着暴风雪来救他们。当然，他也永远不会知道唐纳德·班斯、埃默里·海恩斯、安东尼奥·巴莱里尼和理查德·西科恩的英雄壮举。

班斯和他的船员在36英尺的救生艇里度过一整晚，经受50英尺高的风浪、冰雪和零度以下低温的折磨。想到这些，一个关于生存的故事仿佛已经展现在眼前。他们，还有伯尼的船员和奥姆斯比的船员都幸运地死里逃生。这让我不禁感叹，海岸警卫队是有这样的智慧，能在第一时间派出这样的小艇。

蒂尼·迈尔斯和赫尔曼·加特林的死让人揪心，无线电话务员约翰·奥雷利的结局也同样令人悲痛。他甚至没有机会选择是留在船上还是在亚库塔特到达时跳进海里。他想走到船的最前端，却从船桥的通道上滑了下去，成为梅塞号的第一位遇难者。奥雷利是东风号话务员莱恩·惠特莫尔联系上的第一个、也是最后一位船员。

不过，多里斯·福兰德告诉我，彭德尔顿号和梅塞号上的船员也是幸运的。福兰德的父亲赫尔格·约翰逊当时在沉没的渔船保利纳号上。东风号、尼玛克号和其他海岸警卫力量都到楠塔基特岛搜寻该船，这也是为什么他们在梅塞号事故现场周围，能及时参与救援的原因。

刚开始研究，我就不禁钦佩欧文·马斯克平静的外表下蕴藏的巨大勇气。他没有任何义务跟随伯尼去营救彭德尔顿号。他当时在等待有人把他带到波洛克海峡的灯塔船上，只是船难发生时恰好在查塔姆救援站。他本可以让伯尼再找一名救生员，但他没有，而是毫不犹豫地选择了舍己救人。

差不多就是在这个时候，我和凯西了解到了对方的研究情况，决定一起合作。我读的文章、报道和书籍凯西也读了，所以开始合作后我们都觉得自己已经对故事有了清晰的了解，可以集中精力寻找和采访那些资料中很少提及的亲历者。我主要关注和梅塞号救援相关的人。莱恩·惠特莫尔是我采访的第一个人。他当时是东风号上的船员，也是最先接收到求救信号的话务员。一天晚上，我和莱恩一起吃晚餐，我惊喜地发现，他对救援行动的记忆十分清晰，他提供的信息对我写作也帮助很大。所以，我决定请他担任书中有关梅塞号内容的审校顾问。拉斯·韦伯斯特船长读完描写彭德尔顿号的前几章后，也提出了许多有价值的建议。此外，为本书创作做出突出贡献的还有约翰·米拉保尔、艾伯特·沙雷特、锡德·莫里斯、本·斯塔比尔、韦恩·希金斯、拉里·怀特、比尔·布利克利、乔治·马奥尼、吉尔·卡迈克尔、奇克·蔡斯、菲尔·班斯、大卫·康西丁、梅尔·古斯、彼得·肯尼迪、拉斯·韦伯斯特、乔治·瓦格纳、彼得·约瑟夫、鲍勃·约瑟夫、斯蒂芬·马格、马特·斯温森和桑迪·豪尔顿。其中，约翰·约瑟夫船长对救援行动的书面描述帮助尤其大。

拉尔夫·奥姆斯比的女儿说：“我爸爸很少谈论此事。他只是把它看作自己的工作。”而许多去世船员的家属都对我说了类似的话。我采访的船员也都有与此相同的感受。他们认为自己只是做了该做的事。

对代理人埃德·纳普曼和编辑科林·哈里森、杰茜卡·曼纳斯还有汤姆·皮托尼克来说，与两位作者合作一定比一位更不容易，但他们却提出了许多对本书创作大有裨益的指导和建议。我还要感谢我的家人。他们一直鼓励我，听我无数次兴奋地大喊：“我又找到了一位亲历者！”

当然，我还要感谢凯西·谢尔曼，是他让我在研究中越走越深远，让我对救援故事葆有浓厚的兴趣。与他合作非常愉快。

凯西·谢尔曼

20 世纪七八十年代，我在科德角长大，但对彭德尔顿号救援的传奇故事却一无所知。我对这个故事产生兴趣是在一个夏日。那天，我在查塔姆市中心一家名叫黄伞的古雅的小书店签售新书《给玛丽的玫瑰：寻找波士顿行凶者》。哥哥托德在签售现场找到我，问我接下来想写些什么。当时我正在创作一部小说。他问我想不想重新创作一些非虚构的作品。“有合适的故事我就写。”我回答。他笑了笑，说：“我想我有一个合适的故事。”接下来的几小时，托德把他知道的有关彭德尔顿号救援的事情全都告诉了我，而我，完全被这个故事吸引住了。我立刻联系彼得·肯尼迪。他安排我参观了序言部分描写的那艘救生艇，给了我一些文件和报纸上的文章帮助我尽快开始研究。他还告诉我一位名叫迈克尔·图加斯的作家也对这个故事很感兴趣。我知道迈克，他写过《黎明前十小时》和《78年暴风雪》。我需要做一个艰难的决定，是要自己写一本书和他一争高下，还是与他合作共同创作？庆幸的是，我选择了后者，拨通了迈克的电话。

作家是个奇怪的物种，我不知道会从迈克那里获得什么犀利的创作构思。但我惊喜地发现，和我一样，他创作的动力并不在于让自己的名字醒目地出现在书籍封面上。他想尽可能详尽细致地将故事呈现给读者。我们决定集合两个人的研究、才华和想法去完成一个项目。最终，项目的成果——《怒海救援》这本书和读者见面了。回顾整个创作过程，迈克一直表现得非常专业，这也激励我做得更好，成为一名更出色的作家。对他的感激之情一直充盈我的肺腑，无以言表。

我还要感谢伯尼、安迪和理查德，感谢他们一直耐心回答我的问题。伯尼开始并不支持这个项目。“没什么好写的。”他说。

我们还以为他不愿意接受采访，但后来才发现原来他一直承受着巨大的心理负担。读过初稿后，伯尼说他错了。“这个故事值得写的东西太多了。”他称赞了我们的作品，这是我和迈克收到的最珍贵的反馈。我要感谢查尔斯·布里奇斯和梅尔·古斯能和我们分享他们的记忆。我要特别谢谢安尼塔·阿文向我们提供她父亲欧文·马斯克的情况。没有您敏锐的洞察力，这本书是不完整的。此外，我还要感谢约翰·J. 菲茨杰拉德三世向我讲述他父亲的生平以及他母亲是如何面对那场灾难的；感谢埃德·桑普瑞尼花时间描述当时媒体对救援行动的报道；感谢拉尔夫·莫里斯和他的妻子与我和我的妈妈进行了愉快的交谈；感谢托尼·奥尼尔分享他对欧文·马斯克的记忆；感谢之前提到的彼得·肯尼迪、唐·圣皮埃尔和比尔·奎因告诉我修复 CG36500 号救生艇的经过，感谢他们为维护小艇继续做着努力；感谢本特·福尔伯格竭尽所能向我这个一直在新闻业工作的初学者讲解海浪方面的知识，要知道他的数学也不好；感谢乔·尼克森和查塔姆的瑞得一家生动地绘出了那晚查塔姆渔人码头上的景象。迈克提到了我们完成此项目参考的一些书籍，这里列出几本：《科德角上的彭德尔顿号船难》、J·W. 多尔顿创作的《科德角救生员》和罗伯特·弗郎普创作的《等待大海给予自由》。

当然每完成一本书，我都要感谢一直在背后支持我的人。我的妻子，劳拉，我爱你。我亲爱的两个女儿，伊莎贝拉和米娅，爸爸要拥抱和亲吻你们。我的母亲，戴安娜，谢谢您帮我答复那么多来电。我的哥哥，托德，谢谢你给我灵感。此外，我还要再次感谢汉诺威和福莱伯学院的人们给予我的大力支持。

2009年1月22日，我和迈克收到一封伯尼·韦伯写来的邮件，邮件中还附有修复一新的CG36500号的照片：

朋友们——这是你们的救生艇——如果要拍电影，她随时可以出镜，和全新的一样。我去不了了，不过请代我给她一个吻。

伯 尼

两年后，伯尼·韦伯在佛罗里达州墨尔本市的家中去世，享年80岁。他有预感自己可能看不到电影讲述自己的故事了，但他一直对我说："彭德尔顿号救援从来都不是我的故事，这个故事只属于那些勇敢的船员和那艘富有传奇色彩的小艇。"

参考文献

政府部门报告

缅因州调查局：彭德尔顿号油轮在科德角附近的结构破损，美国海岸警卫队

缅因州调查局：福特·梅塞号油轮在科德角附近的结构破损，美国海岸警卫队

缅因州调查局：USCGC（United States Coast Guard Cutter 美国海岸警卫队接应船）东风号和 SS 湾流号的碰撞，美国海岸警卫队

缅因州调查局：青松岭号油轮在哈特拉斯角附近的结构破损，美国海岸警卫队

缅因州调查局：SS 宾夕法尼亚号失踪，美国海岸警卫队

M/V 斯巴达淑女号救援，美国海岸警卫队备忘录

有关福特·梅塞号和彭德尔顿号船难的通信研究

1952年2月18日从COMEASTAREA到USCGC东风号的优先调度，美国海岸警卫队

1952年2月19日从CCDG ONE到查塔姆警卫队LBS的优先调度，美国海岸警卫队

1952年2月19日从CGC（Coast Guard Cutter警卫队接应船）麦克卡洛到CCDG ONE的优先调度，美国海岸警卫队

SS海电号船难伤亡报告，美国海岸警卫队

缅因州调查局对F/V保利纳号失踪的调查，美国海岸警卫队

越南战争中的美国海岸警卫队，www.uscg.mil

报纸和通讯社文章

《波士顿美国人》，1952年2月19日，“跳上救生筏时又有6人丧生”

《波士顿环球报》，1952年2月19日，“油轮上32人获救”，“新英格兰暴风雪造成33人死亡和重大损失”，“20000人受困”，“福特·梅塞号上的6名船员确认失踪”，“英雄救生员遭受重创”，“46人尚未脱险”

《波士顿环球报》，1952年2月18日，“暴风雪封锁新英格兰”

《波士顿环球报》，1952年2月20日，“获救船员救援经过”，

“彭德尔顿号断裂前减速”

《波士顿环球报》特刊，1952年2月18日，“缅因州救生员奋力解救1000名受困人员”，“船员抛弃暴风雪重创后的轮船”

《波士顿环球报》，1952年2月18日，“猛烈东北风致5人丧生”

《波士顿环球报》，1952年2月17日，“破碎的救生艇被找到‘保利纳号’”

《波士顿环球报》，1952年2月23日，“史诗般的壮举”

《波士顿环球报》，1952年2月22日，“拖船拉船尾”，“梅塞号船员一马当先”

《波士顿环球报》，1952年2月26日，“大副证实，福特梅塞号意外漏油”

《波士顿先锋报》，1952年2月20日，“两艘船断裂后70人获救，14人丧生”

《波士顿先锋报》，1952年2月19日，“两艘油轮在科德角断裂后32人获救，50人失踪”

《波士顿先锋报》，1952年2月19日，“一阵轰鸣后，它一分为二”

《波士顿先锋报》，1952年2月20日，“彭德尔顿号幸存者讲述海上痛苦遭遇”

《波士顿先锋报》，1952 年 2 月 20 日，“布绳救了四人”

《波士顿先锋报》，1952 年 2 月 22 日，“半艘油轮抵抗狂风”

《波士顿先锋报》，1952 年 2 月 23 日，“福特梅塞号船尾安全抵达纽波特港”

《波士顿先锋报》，1952 年 2 月 18 日，“1500 人受困”，“一艘油轮断裂的船首和船尾被找到”

《波士顿先锋报》，1952 年 2 月 21 日，“缅因州成雪中墓地”，“暴风雪死亡人数升至 31 人”

《波士顿先锋报》，1952 年 2 月 26 日，“雷达首次追踪到断裂油轮”

《波士顿先邮报》，1952 年 2 月 20 日，“13 人拒绝离开失事油轮”

《波士顿旅行家》，1952 年 2 月 20 日，“救援拖船介入，拖走断裂轮船”，“海军上将称赞驾驶救生艇救援的 4 名勇士”

《波士顿旅行家》，1952 年 2 月 19 日，“油轮上的 40 人”

《波士顿旅行家》，1952 年 2 月 20 日，“失事油轮上的 18 人安全到家”

《科德角标准时报》，1952 年 2 月 20 日，“暴风雪重创后的拖船已经安全”

《科德角标准时报》，1952 年 2 月 19 日，“4 名查塔姆海岸救援队员解救 32 人”

《科德角时报》，1952 年 2 月 23 日，“拖走油轮船尾”

《科德角时报》，1952 年 2 月 20 日，“海岸救援队员在楠塔基特岛附近解救 18 人”

《科德角标准时报》，1952 年 2 月 25 日，“彭德尔顿号船首现船员尸体”

《科德角标准时报》，1952 年 2 月 21 日，“调查小组取证”

《科德角时报》，2002 年 5 月 16 日，“1952 年英雄重回海上”

《科德角人》，1952 年 2 月 28 日，“噩运突降”

《科德角人》，1956 年 8 月 16 日，“彭德尔顿号救援工作”

《科德角人》，1956 年 11 月 17 日，“救生艇救援紧张进行中”

《科德角人》，1956 年 12 月 8 日，“营救志愿者”

《科德角人》，2002 年 5 月 17 日，“海岸救援队员因多年前英雄壮举备感光荣”

《科德角中央报》，1952 年 2 月 21 日，“暴风雪中的获救船员”

《每日记录》，1952 年 2 月 19 日，“32 人获救，5 人留在科德角附近断裂轮船上”

《新贝德福德标准时报》，1952 年 2 月 19 日，“15 人在科德角两艘断裂轮船上失踪”

《新贝德福德标准时报》，1952 年 2 月 20 日，“断裂的轮船和疲惫的幸存者书写海上新传奇”

《纽约时报》，1952 年 2 月 18 日，“参议院收集船舶交易收益数据”

《纽约时报》，1952 年 2 月 19 日，“两艘轮船断裂”

《纽约时报》，1952 年 2 月 22 日，“见证油轮遇险”

《纽约时报》，1952 年 2 月 20 日，“油轮事故又有 25 人获救”

《纽约时报》，1952 年 2 月 22 日，“两艘拖船拖走断裂油轮船尾”

《纽约时报》，1952 年 2 月 19 日，“暴风雪致新英格兰 30 人死亡”

《波特兰先锋报》，1952 年 2 月 22 日，“梅塞号船尾脱险”

《波特兰先锋报》，1952 年 2 月 22 日，“油轮船长”

《波特兰先锋报》，1952 年 2 月 19 日，“57 人葬身海上”

《楠塔基特播报员》，1952 年 2 月 22 日，“布兰 P217”

《凯奇坎新闻》，1965 年 2 月 24 日，“忘记暴风雪——回到船上”

书籍

特雷莎·米切尔·巴伯，约翰·加鲁佐，W. 拉塞尔·韦伯斯特上尉（美国海岸警卫队退休队员），《科德角上的彭德尔顿号救援》，南卡罗来纳州查尔斯顿市：历史出版社 2007 年版。

J·W. 多尔顿，《科德角救生员》，马萨诸塞州查塔姆市：查塔姆出版社 1902 年版（1967 年再版）。

罗伯特·法森，《12 人遇难》，马萨诸塞州奥尔良市：科德角历史出版集团 2000 年版。

罗伯特·弗郎普，《等待大海给予自由》，纽约：双日出版社 2001 年版。

查尔斯·B. 哈撒韦，《从高地到锤头》，作者自行出版 2000 年版。

罗伯特·欧文·约翰逊，《大海的守护者》，马里兰州安纳波利斯市：美国海军学院出版社 1989 年版。

H·R. 卡普兰，《航行者，小心》，纽约：兰德麦克纳利，1966 年版。

丹尼斯·诺布尔，《被海岸警卫队救起》，马里兰州安纳波利斯市：美国海军学院出版社 2004 年版。

威廉·P. 奎因，《科德角船难》，马萨诸塞州奥尔良市：低角出版社 1973 年版。

威廉·P. 奎因，《新英格兰船难》，马萨诸塞州奥尔良市，低角出版社 1979 年版。

谢里·S. 斯坦克利夫，《福特·梅塞号和彭德尔顿号救援》，康涅狄格州新伦敦市：金浪潮出版社 1950 年版。

伯纳德·C. 韦伯，《查塔姆：救生艇员》，马萨诸塞州奥尔良市：低角出版社 1985 年版。

文　章

《海岸救援队的光荣时刻》，《科利尔杂志》，1952 年 12 月 27 日。

W.K. 厄尔：《轮船冒险，大海与人》，《美国海岸救援队杂志》，1952 年 6 月。

《CG36500 号救援》，马萨诸塞州奥尔良市：奥尔良历史学会，1985 年。

拉马尔·斯通西珀：《陈旧的钢铁：SS 宾夕法尼亚号遗骸》，《库祖月刊》（线上版），2002 年。

W. 拉塞尔·韦伯斯特：《彭德尔顿号救援》，www.CG36500。